Las voces bajas

Manuel Rivas nació en A Coruña. Desde muy joven trabajó en prensa y sus reportajes y artículos están reunidos en *El periodismo es un cuento* (1997), *Mujer en el baño* (2003) y *A cuerpo abierto* (2008). Una muestra de su poesía está recogida en la antología *El pueblo de la noche* (1997) y *La desaparición de la nieve* (2009). Como narrador obtuvo, entre otros, el Premio de la Crítica española por *Un millón de vacas* (1990), el Premio de la Crítica en Gallego por *En salvaje compañía* (1994), el Premio Nacional de Narrativa por *¿Qué me quieres, amor?* (1996), el Premio de la Crítica española por *El lápiz del carpintero* (1998) y el Premio Nacional de la Crítica en Gallego por *Los libros arden mal* (2006), considerada como una de las grandes obras de la literatura gallega y elegida Libro del Año por los Libreros de Madrid. *Todo es silencio* (2010) fue finalista del Premio Hammett de novela negra. En 2011, Alfaguara publicó sus cuentos reunidos bajo el título *Lo más extraño*. Su última novela es *Las voces bajas* (2012).

MANUEL RIVAS
Las voces bajas

Traducción de Manuel Rivas Barrós

punto de lectura

Título original: *As voces baixas*
© 2012, Manuel Rivas
© Traducción: Manuel Rivas Barrós
© De esta edición:
2014, Santillana Ediciones Generales, S.L.
Avenida de los Artesanos, 6. 28760 Tres Cantos. Madrid (España)
Teléfono 91 744 90 60
www.puntodelectura.com
www.facebook.com/puntodelectura
@epuntodelectura
puntodelectura@santillana.es

ISBN: 978-84-663-2787-9
Depósito legal: M-1.992-2014
Impreso en España – Printed in Spain

Imagen de cubierta: © Jesús Acevedo
Fotografías de cubierta e interiores: archivo familiar del autor, archivo de Carmelo
Seoane y archivo de Manuel Bermúdez
Fotografías de las páginas 164 y 192: Xoán Piñón

Primera edición: marzo 2014

Impreso en BLACK PRINT CPI (Barcelona)

Cualquier forma de reproducción, distribución,
comunicación pública o transformación de esta
obra solo puede ser realizada con la autorización
de sus titulares, salvo excepción prevista por la ley.
Diríjase a CEDRO (Centro Español de Derechos
Reprográficos) si necesita fotocopiar o escanear algún fragmento de esta obra (www.conlicencia.com;
91 702 19 70 / 93 272 04 47)

1. El primer miedo

Estábamos solos, María y yo, abrazados en el cuarto de baño. Fugitivos del terror, nos escondimos en aquella cámara oscura. Los días de tempestad se podía oír allí el bramar marino. Lo de hoy era el refunfuñar oxidado, asmático, de la cisterna. Por fin, oímos su voz. Llamaba por nosotros. Primero con desasosiego. Luego, con creciente angustia. Deberíamos responder. Dar señal de vida. Pero ella se anticipaba. Oímos su jadeo, el atropello de sus pasos, como el olfatear excitado de quien encuentra el rastro. María abrió el pasador. Ella empujó la puerta, arrastrando la luz, todavía con la tormenta en los ojos. Su miedo era el de quien llega a casa y no encuentra a los hijos que dejó tranquilos y jugando. Nuestro miedo era todavía más primitivo: era el primer miedo.

Mi madre, Carmen, trabajaba de lechera. Vivíamos de alquiler en un bajo de la calle Marola, en el barrio coruñés de Monte Alto. Hacía poco tiempo que mi padre había vuelto de América, de La Guaira, donde trabajó en la construcción, en las más altas cumbres, decía él con sorna, trepando los cielos con frágiles andamios. Una emigración breve, el tiempo justo para reunir el dinero necesario para comprar un trozo de tierra donde construir su propia casa. Muchos años después, en la vejez, confesaría una flaqueza, él que no era muy dado a revelar su zona secreta: padecía vértigo. Toda la vida había tenido vértigo. Y gran parte de esa vida la pasó en las obras, de *pinche* peón a maestro albañil, y nunca, hasta que se jubiló, hizo a nadie esa confidencia. La del vértigo. La de que sentía pánico en las entrañas cuando estando abajo miraba arriba y sobre todo cuando estando arriba miraba abajo. Pánico desde el primer peldaño. Pero el pie iba siempre a la búsqueda del segundo. Y el segundo peldaño lo llevaba al tercero.

—¿Por qué no lo dijiste?

—¿Y qué sería de un albañil si va por ahí diciendo que tiene vértigo? ¿Quién le daría trabajo? *¿Vértigo?* ¡Ni esa palabra había!

En La Guaira estuvo a punto de morir, pero sólo lo supo él, metido en un barracón, en la ladera de una montaña, entre la floresta y algunos ranchitos de madera. Durante la fiebre, la única conexión con la realidad era la voz de un papagayo que repetía como letanía el nombre de una mujer: «¡Margarita, Margarita!». Sabía que existía, el pájaro. Y quizás la mujer. Uno de los días oyó, o le pareció oír: «¡Vete a llorar al valle, loro viejo!». Pero nunca lo había visto, al loro viejo. Ni a él ni a la mujer por la que llamaba. Después de sanar, un domingo, el único día libre en el trabajo, salió a la búsqueda del loro. Quería hablar con él, darle las gracias. Su voz había sido su hilo con la vida. Pero no lo encontró. Mi padre no le daba a esa historia ninguna interpretación mágica. Allí, las aves, como la gente, se iban igual que venían.

Por la mañana temprano, bebía un café negro y arrancaba en la Montesa. El padre, que ya está aquí, que ya retornó. Tuvo también una Vespa y más tarde compró una Lambretta, un progreso, una moto que llegó a formar parte de la mitología familiar pues podía llevarnos a todos sin quejarse, con ese sentido de abnegación que tienen las máquinas domésticas. Ése era su almuerzo, el café solo, muy caliente. Cuando tenía catarro o gripe, doblaba la dosis de café y tomaba una aspirina. Tenía una fe casi fanática en el ácido acetilsalicílico. Cuando el cuerpo se rebeló contra él, y una pierna

9

se negó a andar, hubo que hospitalizarlo. Los médicos que lo operaron descubrieron que en su corazón había las huellas de por lo menos dos ataques cardiacos. Había sobrevivido a los infartos en secreto, pero esos silencios acostumbran a escribir en braille en algún túnel del cuerpo. Sólo un día, de pasada, comentó que había perdido fuerza en los brazos. Cuando los levantaba para obrar en el techo, le ofrecían una resistencia apenada. Y se había parado a observarlos con extrañeza, como a dos viejos compañeros desacompasados. Toda la vida levantando pesos y ahora eran ellos los que pesaban. De los recuerdos que más lo hacían reír, uno era de su tiempo de juventud como músico en las orquestas de baile. La del batería que se embelesaba con la música de los otros y olvidaba, pasmado, el momento de su entrada. El pasodoble quedaba entonces en suspenso, colgado de la noche, y se oía apocalíptica la orden del maestro: «¡Platillo, chaval! ¡Que revienten las maravillas del mundo!». Una consigna que dicha así, como desahogo cósmico, acababa formando parte del espectáculo. Y el joven todavía tardaba algo en establecer la conexión. Las maravillas. El platillo. El pasodoble. Él. Al fin arrancaba y hacía estremecer la noche entera. Así que mi padre, cuando se le cansaban los brazos en la obra, cuando notaba el bajón, no pensaba en el aviso de un infarto sino en aquel impulso infalible: «¡Platillo, chaval! ¡Que revienten las maravillas!».

Al igual que mi padre no podía tener *vértigo*, mi madre no podía enfermar. Cualquier recaída o aviso de sentirse mal, aunque sólo fuese «un poco mal», eran de inmediato atajados por la conspiración incansable de las circunstancias. La realidad, tan pelma, no se paraba nunca. Sólo había dos momentos de verdadera fuga. Uno, el de encaminarse a la iglesia la mañana de domingo. No tanto el estar en misa, sino el acudir a la misa. Era su tiempo opiáceo, de sosiego y traslación. El otro instante de fuga era cuando podía leer. Su turno de periódico. Después de la comida, lavar, fregar, poner todo en orden, tenía esa vía de escape. Eran unos minutos de total abstracción. Igual que le ocurría con los libros, cualquier libro de los que iban cayendo por casa. Era admirable esa relación, esa felicidad. Podías gritar que había un incendio, una inundación, lo que fuese. Ella, nuestra madre, permanecía hechizada. Atrapada. Raptada. No respondía. No levantaba la vista. Su única reacción era acercarse un poco más a aquel objeto del desvelo. Alguna vez parecía que iba a pasar, lo de enfermar. «No me encuentro bien, me voy a acostar un poco.» Y el tiempo de curación duraba lo mismo que una misa o una lectura. Cuando la enfermedad llegó, no lo hizo a la manera del cuento que ella nos contaba. Y no vino de visita.

—¿Quién es? —pregunta asustado el viejo campesino al oír desde la cama la aldaba en la noche invernal.

—Soy yo —decía la voz inconfundible de la Muerte—. ¡Abre de una vez!

—¡Vete! ¡No hay nadie en casa!

Y la Muerte refunfuñaba: «¡Menos mal que no he venido!».

Debería comenzar por ahí. Por los murmullos de las primeras risas, asociadas a algún cuento. Un marinero es capturado por una tribu de caníbales. Lo ponen a cocer en una gran caldera, y añaden alimentos *menores*, tubérculos y legumbres para acompañar. Mientras el agua comienza a hervir, y los antropófagos danzan alrededor del fuego, abriendo el apetito, el gallego se sumerge en su propio caldo y come con deleite las últimas patatas y guisantes. El jefe caníbal exclama admirado: «¡Mirad qué contenta está nuestra comida!». Esa forma de despedirse era un tipo de heroísmo del que nos sentíamos muy orgullosos. A nuestro héroe lo comían los caníbales, sí, pero era un cuento muy optimista. Así eran también los relatos de Carlos O'Xestal, que oíamos en la radio los domingos a mediodía. Gaitero y contador de historias, O'Xestal era una extraña celebridad en nuestra infancia. Sus héroes eran la gente del pueblo, la más humilde, que salía triunfadora mediante el ingenio y la ironía. Hablaban gallego, algo insólito en las emisiones radiofónicas. Incluso las mayores risas las conseguía O'Xestal con las imitaciones de los que intentaban disimular su acento, como quien se desprende de un estigma, con situaciones tan cómicas como la del muchacho que se retrasa y pierde el embarque de Coruña a Buenos Aires, y cuando vuelve casa, sin salir de Galicia, lo hace hablando como un letrista de tango. La lengua gallega era de este mundo, pero había un problema con ella. Lugares, momentos y situaciones en que parecía un pecado en los labios. Vivía en las cuevas de las bocas, pero de una forma excéntrica, a la manera del vagabundo que escruta el camino y la compañía antes de echar a andar. Un conocido de mis padres los visitó para darles la noticia de que por fin había sido admitido como bedel en un banco. Lo felicitaron. Mi padre comentó: «Tendrás que comprar un traje nuevo...». Él respondió con un curioso tratado de sociolingüística textil: «¡Ya está comprado! Ayer probé con la corbata. Justo al apretar el nudo, empecé a hablar un castellano macanudo». O'Xestal hacía reír a casi todo el mundo riéndose de casi todo el mundo, con aguijones que picaban en la piel susceptible de los tabúes y complejos. Alguna vez actuó como animador en ágapes donde estaban las más altas autoridades de paso por Galicia. Esa ocasional permisividad que se le concede al bufón o al cómico. Hasta que de repente desapareció. Su voz en la radio. Su imagen, siempre con el traje típico, en los periódicos. No era algo de lo que yo fuese consciente en aquella época. De la desaparición de O'Xestal. La verdad es que había dejado de interesarme ese tipo de humor castizo. La cabeza andaba en otras ondas. Hasta que un día me encontré con una noticia en la que reaparecía el veterano humorista, pero no en la página de espectáculos sino en la de sucesos. Una nota policial donde se hablaba de una redada en la que habían sido detenidas personas a las que se consideraba «peligrosos sociales». Entre ellos, O'Xestal. Lo entrevisté años después. Un relato estremecedor. Los malos tratos, la humillación, la experiencia terrible en la prisión de Badajoz. Todo eso por el *delito* de ser homosexual. Durante el franquismo, la ley metía en el mismo saco a «proxenetas, rufianes y homosexuales». Cuando salió de la cárcel, marcado como un forajido, era un rebelde. Un revolucionario. Con vida muy humilde, junto a su madre campesina, en una aldea del litoral coruñés (Lema, en Baldaio) apostó la cabeza liderando un movimiento de resistencia para evitar la apropiación por un emporio privado de un gran espacio natural. Y lo consiguió. Entrelazados con la biografía, sus cuentos tradicionales adquirieron otro sentido. Había mucho dolor detrás del humor. Pensé en él hace poco tiempo, en la ironía transgresora que no se despide nunca, que traspasa los velatorios, que intenta acompañar incluso en el Más Allá, cuando leí en la tapia de un cementerio de la

14

costa una pintada en brea que dice de los muertos: *¡Furtivos!*

¿O sería un grafito de los muertos a los vivos?

Hay una conversación que nunca olvidaré. Una propiedad inmaterial, del departamento de grabaciones no autorizadas de la infancia. Una de esas en que, en el libro de la vida, se da a conocer de forma espontánea la boca de la literatura. Vivíamos ya en Castro de Elviña. Aquel invierno entró a nado en Galicia. Fiero, hosco y frío. Un aguacero interminable. Días sin poder trabajar, con el viento aullando por los huecos de las obras. Mi padre lleva días inquieto, acorralado, soltando golpes de vaho en la ventana, desde la que puede verse maniobrar la décima legión de las borrascas.

De repente, estalla:

—¡Quién me diese una semana en la cárcel!

Mi madre está haciendo calceta. Va a venir un ser nuevo. Está en camino. Lleva días, semanas, calcetando piezas de ropa muy pequeñas, a medida que su vientre se agranda. Las largas agujas metálicas se han convertido en una prolongación de sus manos. Al detenerse de repente, entrecruzadas en el aire, crean una expectación.

—¡Y a mí siete días en el hospital!

María y yo estamos haciendo los deberes escolares en la mesa de la cocina. Nos miramos. ¿La cárcel? ¿El hospital? El futuro promete. Ellos tienen un código de comunicación que todavía no entendemos del todo. Parece que fue una respuesta convincente, la de mi madre. Sonríen al fin. Medio sonríen. Traman un rumor, urden un murmullo.

Callan. Son vanguardia existencialista. Están exhaustos. Han tenido que extraer las palabras de las grutas de las encías.

Él era de poco hablar, nada retórico, aunque desprendía súbitas pavesas, como cuando recordaba alguna parranda excepcional: «¡Bebimos como cosacos!». Tal y como lo decía, me gustaba sentirme hijo de cosaco. La propia pronunciación del exotismo *cosacos*, abriendo mucho los ojos, con asombro, expresaba el carácter histórico de la deriva. También decía: «¡Eso vale un potosí!». ¿Qué es lo que era un potosí? Un potosí era un potosí. Una misteriosa medida de riqueza que yo manejaba gracias a mi padre. Y cuando Potosí apareció en un mapa de la Enciclopedia Escolar nombrando las minas de plata de Bolivia, ya era un topónimo del patrimonio familiar. Me resultaba también muy curioso el dicho con el que definía la máxima ignorancia: «Es tan bruto que no sabe ni el nombre de los árboles». En la *Odisea*, Ulises sólo convence al ciego e incrédulo Laertes de que en verdad es su hijo cuando es capaz de recordar los árboles que el padre le había nombrado en la infancia en la huerta de Ítaca. Al evocar este fragmento, en el instituto, la voz de la profesora se quebraba y podías ver la huerta en sus ojos oceánicos. De Luz Pozo sabíamos que era también poeta y pianista. Una mujer madura de la que estaba enamorado todo el instituto, desde el alumno más joven hasta el viejo militar profesor de Gimnasia, pasando por el bedel, la profesora de francés y todos los curas profesores de Religión. Quien no lo estaba era por la desgracia de no conocerla. Se hablaba de poetas que atravesaban Galicia en moto y en diagonal, los fines de semana, cientos de kilómetros, sólo para verla. Y se confirmó que la leyenda era cierta cuando, años después, marchó en moto con el poeta Eduardo Moreiras. Pero ahora estamos con ella en el instituto. Entra con Luz una estela erótica en el aula, que tiene como sello especial el producir más calma que excitación. Eros, bien guiado, se posaba en la materia de estudio, incluso en la operación de descerrajar el *Polifemo* de Góngora. Pero una cosa es hablar de literatura y otra muy diferente oír la boca de la literatura. Y eso fue lo que oí, con toda nitidez, cuando Luz Pozo relataba lo que estaba sucediendo, justo en ese momento, en la huerta de Ítaca, cuando la memoria se fundía con el manuscrito de la tierra, Ulises enumerando las higueras, manzanos, perales y vides. Y había un segundo texto, un murmullo, que yo, y sólo yo, escuchaba en la boca del padre cuando él quería remarcar la ignorancia extrema: el no saber, el no querer saber, el nombre de los árboles que te rodean.

Cuando él discutía con mi madre, acostumbraba a utilizar una frase que resultaba algo críptica:

—Tú eres el Espíritu de la Contradicción.

Ella nunca calló lo que pensaba. Podía ser dulce, y lo era, mucho, pero no dócil. En el tiempo que les tocó vivir, en relación con la mujer, las leyes todavía eran más ruines que las mentalidades. Era un ser subordinado, la mujer. Nada podía hacer sin el consentimiento del hombre. Pero mi madre no aceptaba la sumisión, y él lo sabía. Así que mi padre, cuando se sentía contrariado, aludía a la influencia en mi madre de ese ser invisible, el Espíritu de la Contradicción, que pasaría a formar parte de nuestra mitología doméstica. A su manera, ninguno de los dos era gregario. Formaban una unión matrimonial de solitarios, pero sus soledades eran diferentes. Mi padre evitaba las multitudes siempre que podía. En el caso de los acontecimientos deportivos, lo que sentía era una verdadera aversión. Trató de contagiarme la repugnancia que le causaba el fútbol. Intentó entonces alejarme de los campos de juego. Había un vecino, Gregorio, socio del Deportivo, que trabajaba como técnico en la emisora de Radio Coruña, y que se ofrecía a llevarme al estadio de Riazor. Para mi padre, aquellas horas épicas, cuando el Deportivo se jugaba el ser o no ser, y era cada tarde de domingo, resultaban ser las más adecuadas para una plantación en la huerta. Yo quedaba abatido, y él entonces trataba de convencerme de que esa pasión, la de ver dos facciones de hombres adultos detrás de un balón, jaleadas por turbas fanáticas, era una especie de derrota de la humanidad. Hasta que reconoció su propia derrota, y pude ir con Gregorio a Riazor. Al salir del estadio, visitábamos a su familia. Desde la vivienda, se accedía a un gran salón de peluquería femenina. Mientras los adultos hablaban, yo fisgaba en aquel espacio de encantamiento, con las paredes de espejo y los sillones de inquietantes cascos donde se producía la metamorfosis de las cabezas (¡la enigmática expresión *hacer la permanente*!), un escenario ahora vacío, pero en vigilia, con una nostalgia futurista de murmullos, olores y colores. Brillaban los esmaltes de libélulas en las uñas ausentes. Había un hechizo en la atmósfera al que uno se resistía tanto como era atraído. El de cómo sería el ser mujer. O de cómo sería uno de ser mujer. A la vuelta, ya de noche, mis padres escuchaban la radio. Acostumbraban a hacerlo con la luz de la habitación apagada, con la única iluminación que emitía la pantalla del dial. Aquélla sí que era una nave, nuestra casa colgada del monte. El viento silbando en la armónica del alero del tejado, los destellos de la luz del faro lamiendo la oscuridad. Efectos especiales del exterior que se mezclaban con la sugestión de la radio. Estábamos dentro y fuera. También las voces radiofónicas, las intermitencias, formaban parte de la naturaleza. La vida tenía voluntad de cuento. Había estado en el estadio de Riazor, aquella nave en vilo, el frémito de los gritos cayéndose y levantándose. Había estado en la fantástica peluquería, en aquella penumbra de grandes crisálidas. Y ahora, apoyado en la ventana de la noche, me sentía un igual al lado del Hombre que Odia el Fútbol y de la Mujer que Habla Sola.

Los dos podían ser muy silenciosos o muy habladores. Aprendí que también el lenguaje tenía estaciones. Días en que las palabras germinaban, días de solaz en las bocas, días en que se rumiaban, días en que caían de los labios hojas secas, y marchaban en remolino lejos de la boca, con un rumbo resentido. Había un rasgo singular en el hablar de mi padre que lo diferenciaba de la mayoría de los otros hombres adultos. El no blasfemar ni lanzar maldiciones, incluso cuando expresaba un enojo extremo. Para nada invocaba a Dios, a la Virgen, ni hacía bajar de mala manera a los santos ni a los ángeles del Cielo. Ni siquiera molestaba al demonio. Eso me parecía lo natural en la madre creyente, pero me sorprendía en el hombre que no pisaba la iglesia. En realidad, los domingos, en la misa, los hombres eran una rareza. Acudían a los entierros y a los funerales y misas de aniversario por los difuntos. También a la ceremonia solemne de la fiesta patronal. Incluso en estas ocasiones, muchos permanecían fuera, en el atrio, y los que entraban se situaban en el fondo del templo. Los hombres no solían ponerse de rodillas, en todo caso hincaban una. Permanecían de pie en aquella zona de penumbra de debajo del coro. Era también muy raro que un hombre fuese a comulgar. Participar en la comunión, tomar la sagrada forma, requería la confesión. Eso, el «ir a confesar» con el cura, era algo que ponía a prueba la paciencia del padre. Cuando discutían sobre este asunto, cabría esperar de él, por la represa de la mirada, una avalancha de maldiciones.

—¿Lo que el cura es? Te lo voy a decir. Es...

Airado, se respondía a sí mismo con el más tremendo eufemismo que hubiera encontrado:

—¡Un hombre! No es más que... un hombre.

Pero esto pasó después, mucho después del primer miedo. La memoria anda a su manera errante, va campo a través, cruza de forma temeraria la Avenida, camina como el vagabundo de Charlot en el cine Hércules. O tiene el andar de las mujeres con cosas encima de la cabeza. Todas, casi todas, llevaban algo. Un prolongamiento de cosas básicas.

El andar, por ejemplo, de la lechera. Mi madre hacía primero un reparto en Monelos. Luego subía al trolebús, y tenía otro punto de arranque en la tienda de Asunción, ya en el barrio de Monte Alto. Uno de los lugares donde servía era un establecimiento militar, de Veterinaria. Y un día un soldado le dijo al oído, con complicidad: «¡Échale agua sin miedo, que aquí todavía le echan más!». Mientras tanto, nosotros estábamos en la calle Marola, en un bajo en alquiler. María rondaría los tres años y yo los dos. En aquel tiempo, antes de que la cegase la violencia catastral, la calle tenía un horizonte abierto y desembocaba en el entorno de la Torre de Hércules. Muy cerca de nuestra vivienda, al otro lado, estaba la que llamaban Casa de los Labradores. No, no era un museo etnográfico. Era una auténtica casa de labranza, en la frontera de la ciudad con el mar. Una casa con vacas y carro del país. Eso sí que era un viaje espacial, el ir en aquel carro. Los campos de alrededor de la Prisión Provincial eran tierra fértil, con buenos cultivos y patatas con sabor a mar. Había prados, sauces y una coral de mirlos en la vega que iba a dar a la playa de las Lapas. Las vacas se movían entre el límite urbano y los acantilados. En la memoria componen un lienzo de mitológico pop-art. Lo bien que le irían a la Torre de Hércules, declarada patrimonio universal, unas vacas anfibias al sol. Ahora, en aquel espacio, hay esculturas inmóviles y una obsesión de césped municipal, el verde acrílico laminando los colores silvestres. Desaparecieron las vacas del tiempo. Braman en el mar.

Nosotros estábamos solos, en aquel bajo de la Marola. Estábamos sentados en el suelo. Yo me entretenía con un camión de juguete. Había una baldosa suelta, que se podía sacar. Y debajo un bicho, una cucaracha. Trataba de agarrarla, yo tenía buenas intenciones, sólo quería pasearla en el camión, pero siempre huía, siempre se anticipaba a la estrategia de mi mano. Había encontrado un juguete extraordinario, la cucaracha. Y entonces fue cuando María levantó la cabeza, al acecho, y todo en ella comenzó a sonreír. Se puso de pie de un salto y corrió hacia la ventana que daba a la calle. Yo fui detrás de ella, como siempre. En simetría. Ella andaba con los pies hacia fuera, un andar zambo, y yo con los pies hacia dentro, un andar chueco. Cada uno andaba como podía. La tía Paquita cojeaba. Ella decía de sí misma: «¡Llegó la cojita!». Y había murmullos: «¡Qué guapa! ¡Qué bien cojea, Paquita!». Pero ahora estamos solos. María corre con los pies hacia fuera, yo corro con los pies hacia dentro. Oíamos música, oíamos el pasacalle. Payasos que lanzaban confeti. Los cohetes. La fiesta. Y la ventana era una pantalla maravillosa. Hasta que de repente aparecieron aquellos dos monstruos que la llenaron por completo, los ojos desalmados, las narices retumbando en los cristales. Nunca habíamos visto tan de cerca el peligro. El horror.

—¡Tontos! —dijo mi madre—. Eran los dos gigantes cabezudos. Eran los Reyes Católicos.

2. Sentado en la maleta del emigrante

Durante un año mi asiento en el extraño parvulario fue una maleta. Era como estar sentado en Aduanas.

Después del primer miedo, el del ataque de los cabezudos Reyes Católicos, mi madre decidió que no podíamos quedarnos solos tanto tiempo María y yo, mientras ella hacía su ruta de lechera. A veces nos cuidaba mi madrina Amelia, que vivía en el piso superior. Pepe Couceiro, mi padrino, era un apasionado de la mecánica y del progreso científico en general. Durante un tiempo centró su ingenio en los motores de explosión. Fue capaz de construir un automóvil biplaza a partir de la estructura de una motocicleta. Su intención era recorrer con aquella especie de cápsula las carreteras gallegas, y después ir más allá de los Pirineos, a Europa. Decía una frase algo enigmática: «En los países avanzados, todo el campo es paisaje». Y miraba al horizonte con la fatalidad científica de que el país gallego no se redimiría jamás ni un centímetro. Él siempre tuvo espíritu de Marco Polo. Tanto es así que llegaría a trabajar como vendedor de especias, experto en aquellas mercancías aromáticas. La primera vez que tuve la sensación de que alguien formulaba un pensamiento revolucionario, haciendo tambalearse el sistema universal de pesos y medidas, fue cuando mi padrino mostró una pizca de pigmento en la yema del dedo índice, me miró fijamente y proclamó con solemnidad: «Vale más un kilo de azafrán que un kilo de oro».

Un día me llevó en una de sus expediciones como vendedor de especias. Lo recuerdo como el verdadero primer viaje de mi vida.

—¡Al fin del mundo! —exclamó con entusiasmo.

De niño yo tenía una cierta tendencia a la literalidad. Estaba dispuesto a ir al fin del mundo, pero también preocupado. Hasta que me dio una palmada en la cabeza: «Ya verás. ¡Llegaremos a Fisterra!». Llegamos. El viaje duró todo un día, al paso del sol, del amanecer a la noche. Por la Costa da Morte, hacia el confín. Los dos metidos en la cápsula del pequeño auto, en este caso un Seat 600. A medida que íbamos parando en tiendas, ultramarinos, casas de comidas, mi padrino, un hombre bajito, crecía en estatura histórica. Sentí el orgullo de ir con el vendedor de especias. ¡Pimentón, canela, azafrán! Éramos muy bien recibidos, heraldos del bienestar, portadores de una mercancía preciosa, en sobres minúsculos que contenían pizcas explosivas de colores, olores, sabores, que al abrirse se expandían. O los botes que contenían pimienta, decorados con estampas de mujeres de hermosura exótica, acorde con la naturaleza del tesoro. Yo había visto a mujeres cercanas, mi propia madre, vecinas, llenar a veces aquellos sobres y doblarlos en un santiamén, con velocidad de magas, y en ese momento algo se me parecían a las bellezas de las fototipias, porque además acompañaban su labor, la velocidad de los dedos, con una ligereza de bromas

y risas. Había observado una diferencia entre mujeres y hombres cuando trabajaban en grupo. Los
hombres eran más taciturnos.

De regreso, en Carballo, el padrino anunció:
«¡Y ahora vamos a comprar un souvenir!». ¿Qué cosa
sería un souvenir? Y añadió con alegre determinación:
«Para que se lo lleves a tu madre». Cuando se decía «para la madre» significaba, casi siempre, un regalo
para la casa, para todos. Eso lo aprendimos pronto.
Y lo que compró fue un gran bollo de pan que no fui
capaz de abarcar con los brazos. Una rueda blanda,
hemisférica, que todo el camino de retorno parecía
fermentar en el regazo del cuerpo adormecido.

—¡Qué pan! Es como un mundo —dijo mi
madre.

Era pan, sí. Pero también era algo más que
pan. Se me había olvidado la palabra. El souvenir.
El primer souvenir.

Había otros saberes secretos. El territorio
iniciático, la primera nación, tenía la forma de un
triángulo, si consideramos como vértices las marcas
monumentales. El primero era el cementerio marino de San Amaro. Se decía, entre vecinos, la mejor
alabanza posible para un camposanto: «¡Este cementerio es el más saludable del mundo!». Y se ex-
plicaban las calidades: bien orientado, luminoso y
aireado por el mar. El segundo vértice, muy próximo a nuestra calle, era la Prisión Provincial. Hoy el
espacio está ocupado por construcciones. En aquel
tiempo, desde allí, desde los peñascos, en la tarde,
podían verse en el patio los prisioneros. A veces
emergía el murmullo de una canción. Era un lugar

venteado, cercano a un mar casi siempre embravecido. En realidad, el viento y el oleaje integraban todos los murmullos, voces y gritos en su metódico engranaje musical. Sólo parecía zafarse el son intermitente de un cantero que tenía su taller en un alpendre, al pie del monte del faro. El golpear del mazo en el cincel con el que labraba el granito, cruces y lápidas, se imponía a la manera de un reloj resentido, con su tiempo hecho a mano. Cuando terminaba la jornada del cantero, caía el silencio de bruces sobre la ladera del monte, como si fuese ésta la intención final del cincel. Algunos días, subían a los peñascos familiares que se comunicaban con los presos utilizando paños de colores como un código de señales. «¡Mira, allí está, qué cerca!». Qué lejos. En aquel mirador desasosegante, todo parecía a la vez a mano e inaccesible. Estaban a pocos metros, pero a años de distancia. Ni la cárcel ni el cementerio eran metas para ilusionarse, de momento. Había que encontrar una esperanza. Había que girarse. Buscar el tercer vértice. ¡Y allí estaba!

El faro.

Era la luz de un ser vivo. Despertaba en el crepúsculo, como un murmullo luminoso, y vivía de noche. Los días de niebla espesa, era ese mismo ser el que mugía como una vaca. El del faro no era un destello repentino, perforador, sino que se desperezaba poco a poco, y avivaba las intermitencias con los últimos rescoldos del crepúsculo, en esa hora en que todo se convierte en extraño de sí mismo. El faro de Hércules, el faro de Breogán, daba luz y al tiempo tenías la sensación de que guardaba el envés de todo lo que lamía. Aquello que ocurría entre las rocas, en los escondites de los acantilados, en las esquinas del barrio. «¿En qué esquina nos veremos, Monte Alto?» Porque Monte Alto era un barrio de esquinas, donde los nombres de bares, comercios, talleres evocaban las esquinas del mapa de América. De una calle a otra, de Buenos Aires a Montevideo. Sí, todo lo lamía y recogía la luz del faro. Las sombras, los sueños, los secretos. Tal vez todavía los guarda. Debajo del faro, en un osario de la luz. Las intermitencias, las aspas luminosas, recorrían los tejados, entraban por las láminas de las persianas, destellos pasajeros que guillotinaban el techo, pero que luego hacían más oscura la oscuridad. La linterna del faro cosía lo de fuera y lo de dentro, la vigilia y el sueño. El mar infinito y las habitaciones angostas.

Pero ahora vamos camino de la primera escuela. Del extraño parvulario.

No teníamos edad para ser escolarizados en un centro oficial y los *jardines de infancia* no existían ni como eufemismo. No hubo ninguna sobreactuación dramática el primer día. Pronto comprendimos María y yo que toda nuestra energía, física y emotiva, debería concentrarse no en el esfuerzo inútil por resistirse, sino en el deseo de abrirse paso y encontrar un sitio donde sentarse cuanto antes. Esa primera escuela, en una casa particular, estaba en la frontera de Monte Alto y la gobernaban dos hermanas que hacían las veces de amas, niñeras, maestras y centinelas. La principal tarea era asegurarse de que estábamos todos. Repetían el recuento tres o cuatro veces al día, un empeño comprensible, pues en el cuarto de concentración nos multiplicábamos a medida que pasaban las horas. Pero también ocurría algo extraordinario, la expansión del espacio, uno de los trazos menos estudiados en la historia de la arquitectura popular. Ya Marcial Suárez decía de Allariz que era el lugar del mundo con más iglesias por católico cuadrado.

En el extraño parvulario estuve, durante todo el curso, sentado en la maleta. No digo que no fuese el destino, pero ser era una auténtica maleta. No era una metáfora de maleta. El primer día, en medio de todo el rebumbio, miré a la maleta y la maleta me miró a mí, esa causalidad que llegó en forma de voz divina, de mujer, que decía al tiempo que me empujaba con implacable suavidad: «Tú, patacón, tú, siéntate en aquella maleta». Antes de aprender a leer o a escribir, uno ya entendía la iconografía de la maleta. En casi todas las casas había una o varias maletas así. Ahora que lo pienso, la medida de una maleta viene a ser la de un niño al cuadrado. Pero nunca miré lo que había dentro de la maleta del extraño parvulario. Lo que tenía a mano, y no lo solté, fue una cartera escolar de plástico de color fucsia, casi fluorescente. Nunca nadie me pidió que la abriese. Un día lo hice yo. Tiré de la cremallera. No había nada dentro.

Años después, en la escuela de Castro de Elviña, un día el maestro nos preguntó qué pensábamos ser de mayores. No era su modelo la pedagogía de participación, así que nos quedamos en un silencio cauto y a verlas venir. ¿Qué intención tenía el interrogatorio? ¿Por qué quería saber lo que nosotros queríamos ser? ¿Qué era lo que realmente quería oír? Y entonces, en aquel silencio mudo, se oyó desde atrás como grito festivo la voz de a quien llamábamos O Roxo do Souto, que decía: «¡Emigrantes!». Y el maestro parecía sorprendido y en un silencio apesadumbrado. La pared que daba al exterior tenía la forma de una celosía de pavés. Cuando se desprendía o rompía alguna de las piezas de vidrio, tardaban mucho tiempo en reponerla. Así que siempre había un agujero a la intemperie por donde silbaba el viento o goteaba la lluvia. Podría decirse que los agujeros aprovechaban esos momentos de desconcierto para hacerse notar. El maestro parecía tomar conciencia de ellos, de las grietas de la pared, de las manchas de humedad, del escudriñar de la intemperie. Él, que acababa de hablarnos de los tiempos en que España era un gran Imperio «en el que nunca se ponía el sol». ¡Lo que nos gustaba a él y a nosotros esa frase! Estábamos en un lugar apartado, en un edificio deslucido, amontonados en un rincón los sacos de leche en polvo de la ayuda norteamericana, pero también el sol estaba allí, sin ponerse, de momento, y el maestro tenía la deferencia de implicarnos en una gran gesta imperial. Habíamos dominado el mundo. Habíamos llevado la cruz por el orbe. Todavía nosotros mismos salíamos de colecta para salvar las almas de los niños chinos. Pero ahora el maestro acababa de preguntar lo que queríamos o pensábamos ser de adultos y aquella voz sincera, surgida del fondo de la clase, tenía el efecto del viento que desprende un pavés y hace añicos la historia en el suelo de la escuela. Los niños del Imperio soñaban con ser emigrantes.

Aquella otra maleta, la del extraño parvulario, debía dar por lo menos para dos niños emigrantes. Así que un día sentaron a mi lado a un compañero de la misma edad. Nunca nos hablamos. Nunca nos miramos, más que de reojo. Yo sólo pedí permiso una vez para levantarme e ir al baño. Fui por un pasillo donde había fotografías de mujeres muy bien peinadas y con vestidos muy elegantes. No eran las maestras. Llamaban la atención los peinados, la forma de vestir, los largos guantes negros de una, otra con un traje que parecía de hombre y la boquilla humeante entre los dedos. Pero, sobre todo, la forma de mirar. Eran ellas las que miraban o dejaban de mirarte. Entreabrí una puerta. Resultó ser la cocina. En el centro, una gran mesa con mantel de hule, de cuadrados verdes y blancos. Encima de la mesa, sentado como efigie, había un gato. Un gato increíble, diferente a todos los gatos que había visto antes, de pelo largo y blanco refulgente, un gato celestial, con un lazo azul y un cascabel al cuello. El gato me miró de medio lado, por encima del hombro, con indiferencia. Y entonces me di cuenta de que había llegado a América.

3. La escalera de los niños clandestinos

En el extraño parvulario, sentado en la maleta, oí una vez la voz de María.

Era una voz que venía de lo alto. Así que levanté la cabeza y la vi allí, de pie en la mesa, por encima del rumor, con el silabario en la mano. Era cierto. Era mi hermana. Pero la voz era nueva, había nacido ahora mismo. María me llevaba poco más de un año. Yo, por no tener, no tenía ni silabario. Aún no me tocaba. Iba a la escuela con una cartera vacía, de la que no me desprendía por nada del mundo. Y ahora, allí estaba ella. Leyendo en voz alta, en medio de un silencio asombrado. Sin equivocarse, sin tartamudear. Sin dilación. Silabeaba, fraseaba. Era capaz de leer aquellas divinas palabras: *Mi mamá me ama, mi mamá me mima. Y uvas iglesia bicicleta.* Pasaba página a página, y la maestra le pedía excitada que siguiese, que siguiese, intentando comprobar si lo que pasaba era verdad o estaba ante una superstición. Yo saber sabía que mi hermana tenía una relación especial con las palabras. Recolectaba palabras y las llevaba todas para casa. Se ve por la separación de los dientes, en las primeras fotografías, que lleva la boca llena de palabras. Debía de ser una cosa de familia. Mi madre también era verbívora. Hablaba sola de una manera que nos fascinaba, sin ella ser consciente, incluso sin saber que la oíamos. En casa, en las casas en que vivimos, no había entonces libros. Oí, *leí*, los primeros poemas en aquella boca solitaria, poemas dichos para sí misma o para alguien que la acompañaba en su imaginación, incluso cuando lavaba o fregaba. Fuera lo que fuese, era algo extraño, hechizante, sí, pero también perturbador. Era la boca de la literatura, sin avisar. Pero ese alimentarse del sonido de las palabras era un secreto de la familia. Yo no sabía que María había aprendido a leer de un día para otro, pero tampoco me extrañó. Había herbívoros y carnívoros. Y luego están los que se alimentan de palabras. En mi familia abundaba esta especie. Uno de los primeros que descubrí fue el tío Francisco, el barbero, hermano de mi madre. Para los niños el corte de pelo solía ser un suplicio. Éramos rapados sin contemplaciones. Invocando la estrategia contra los piojos, el rape habitual era el estilo presidiario, a cero. La naturaleza tiene una voluntad estética que se manifiesta, por ejemplo, en la simetría. En la forma de crecer de un erizo de mar o en la disposición de las gotas de lluvia en una rama después de llover. En la inclinación resistente de una higuera en el rompiente del mar. O en el volar tan estético como defensivo de las bandadas de estorninos. O en las formas de monstruos que para los depredadores tienen los dibujos en las alas de ciertas mariposas. Son observaciones y hechizos a un tiempo, marcas en la historia de la propia mirada. También el detectar la humillación forma parte de la dotación primaria de algunas especies. El corte al rape en la infancia anticipaba el que vendría el primer día del servicio militar. Era verse en el espejo y sentirse humillado, como cuando se sufre una penalización inexplicada. La silla del barbero, en la que tan satisfechos y confiados se sentaban los adultos, con las revistas y periódicos abiertos, más o menos indiferentes al proceso artístico que se operaba en sus cabezas, era para los pequeños una silla de verdugo. Caían las crines al suelo y se volvía mustio el animal libre. La cabeza humillada. Pero no era éste el sentimiento con el que uno salía de la barbería del tío Francisco. No por razones estilísticas. No era heterodoxo con el corte dominante. Las tijeras y la máquina de guadañar avanzaban implacables por los herbales del cráneo. Pero lo que sucedía con el pelo, en aquel lugar, era secundario. Lo importante era el discurso. La corriente incesante del pensamiento del tío Francisco. En realidad, un chocar las tijeras en lo alto, precedido de un arabesco en el aire, no respondía a un momento del corte sino que marcaba un punto y aparte en el relato.

Cuando llegó la moda del cabello largo, los jóvenes fuimos abandonando la barbería. En el mismo bajo del establecimiento, él dejó un cuarto para que pudiese ensayar un grupo de rock'n'roll, impulsado por uno de sus hijos. Los monólogos del tío Francisco, y tenía uno distinto para cada cliente, iban alternando con aquella música que traía una moda para él ruinosa. Pero, por encima de todo, él era un narrador, y aquella situación le daba pie a renovar personajes y tramas. Al revés del corte de cabello, de pauta inmutable, el contador de historias cambiaba con los tiempos. La ironía era la marca de la casa. Lo que lo mantenía en primera línea.

—El humor, señores, es la segunda salsa de los pobres.

—¿Y la primera?

—El hambre. Es la mejor salsa para comer.

Sólo una vez Francisco Barrós cerró la boca en medio de una historia y no pudo continuarla. En el relato, aparecía un momento de terror, cuando unos falangistas irrumpieron de noche en la casa para llevarse al padre, nuestro abuelo de Corpo Santo, con la intención de matarlo. Y entonces el viejo, un desconocido, al que estaba afeitando, soltó:

—Tal vez yo era uno de ellos...

Añadió con aire fardón, mirando de reojo: «Incluso podría ser yo quien conducía aquel coche».

Y él, Francisco, mantuvo el pulso. Asentó la navaja en el cuero. Recorrió aquel rostro con el filo hasta ultimar la espuma. Le dio dos palmadas de loción, del derecho y del revés. ¡Plis plas!

—No vuelva por aquí.

—¿Cuánto debo? —dijo el otro sorprendido.

—Déjelo para las misas de difunto. Falta le hará para salvar el alma.

Cuando recordaba aquel día, le pasaba una sombra por la mirada. Contaba el detalle de la navaja, la serena contención frente al instinto, pero no como un gran mérito, sino como una exigencia, el mantener el pulso, del buen contador de historias.

Pocos años después vuelvo a ver a María subida a una mesa y rodeada de gente. Es en la tienda y taberna de Leonor, en Castro de Elviña. Una tarde de verano, después de la comida. La mayoría de los hombres están fuera del lugar, trabajando. La hora y la ausencia de hombres permiten que las mujeres estén dentro de la taberna, a la sombra. También ellas trabajan. Cosen, bordan o hacen calceta. Y encima de la mesa está María. Lee en voz alta el periódico. No hay radio, no hay televisión. María está leyendo con la linterna de sus ojos verdes en medio de un silencio antiguo. Lee un suceso. La historia de un crimen. Como un romance de ciego, pero sin rima. Llegado un momento la bajan de la mesa. La acarician. Le dan un plátano y unas cerezas. Y ella comparte aquella primera paga. Las cerezas.

Corpo Santo sabía a cerezas.

Era el lugar de la casa del abuelo materno, Manuel. No conocimos a la abuela materna, Xosefa. Había muerto de enfermedad y dejó diez hijos. Dos de las criaturas murieron en los tiempos de penuria de la posguerra. Antes, cuando se produjo el golpe del verano de 1936, una partida fascista apareció en la noche en Corpo Santo y arrancó al abuelo de casa con la intención de «pasearlo», acaso, por repetido, el más terrible eufemismo en la historia del crimen. Era republicano. Y cristiano. Ejercía de secretario, sin emolumento, de la Mutua de Labradores y Ganaderos. Ese saber escribir debió de ser su condena. En una ocasión, se había negado a redactar y firmar, como secretario, un contrato de venta de ganado en malas condiciones. Otra vez, se había negado a validar una «venta» hecha a altas horas de la noche, después de una partida de naipes en una tasca. En casos así, su manera de decir «Preferiría no hacerlo», la fórmula de resistencia de Manuel de Corpo Santo era «¡Estamos en deshora, señores!». Cuando iba al monte, a cortar leña o por maleza para la cama del ganado, aprovechaba para leer o escribir a solas. Ahí perdía la noción de la hora. Y tuvo suerte de que la muerte, en su caso, también la perdió, la noción de la hora. Porque se salvó de milagro. El grito de alto de un cura a quien la conciencia llevó allí, al lugar del crimen, en plena noche, montado a caballo.

Así que en Corpo Santo, con el abuelo, se criaron cuatro hombres y cuatro hijas. Y crecieron también los cerezos. Las huertas de las Mariñas Doradas, como se llama la comarca, conservaron la memoria del «tiempo de las cerezas». Asocio con los mirlos los días más felices. En la fiesta, por Santa Isabel, un enjambre de primos pasábamos el día entero subidos a las ramas, compartiendo el tesoro con los pájaros burlones. De pequeños, vivíamos allí largas temporadas. Como a veces despertaba en una cama, después de haberme acostado en otra, para mí, de crío, debía existir un pasadizo que comunicaba el monte del faro con la escalera de Corpo Santo.

Quien de verdad se comunicaba con gran parte del mundo era mi abuelo. Lo hacía desde una pequeña mesa que tenía en el piso a modo de escritorio. Era uno de esos sitios imprevisibles donde se posa la esfera terrestre para descansar. En apariencia no se detiene en ninguna parte, orbita suspendida en el espacio, gira alrededor de sí, eso cansa mucho, y se procura de vez en cuando un punto de apoyo. Cuando la esfera reposa en ese punto del mundo algo pasa. En el escritorio de Corpo Santo había postales y cartas de la diáspora emigrante. Direcciones, sellos y vistas fotográficas en las que fermentaba, intensa y primaria, la cuatricromía de la Tierra Prometida. Las postales componían allí un atlas. Él era un verdadero escritor. Como decían los antiguos griegos, «un intérprete de intérpretes». Lo que escribía eran cartas para emigrantes. Venían las «viudas de vivos» y él ponía caligrafía a las noticias y a los sentimientos que pasarían el mar más allá del islote de la Marola, la marca del adiós, en la boca de la bahía. Tenía muy buena letra. Las cartas parecían paisajes vegetales. Allá, en América, si el lector se fijaba, podía leer la palabra y también ver en ella aquello que se nombraba, y acaso algo más. Lo que no se decía.

Junto al pequeño escritorio planetario, había en Corpo Santo otro lugar extraordinario. Una escalera con peldaños de pino, tabicada también en madera. Era la que comunicaba la planta baja, con suelo de tierra prensada, y la planta superior, con piso de madera y donde estaban los cuartos de dormir y los arcones con lo más valioso: los ajuares, las semillas y las escrituras.

Por el día trabajaban sin descanso. Pero cuando se atravesaba la frontera del crepúsculo se producía una profunda metamorfosis. Los seres silenciosos dejaban el trabajo en el colgador de la ropa y eran convocados a una segunda vida. Alrededor de la comida, el vino, el fuego, acudían las palabras con sus novedades y sus cuentos. En la planta baja, a un lado estaba el lar y al otro, la cuadra del ganado. Las vacas asomaban las cabezas por los pesebres, tres fuerzas incesantes succionando hierba y exhalando nubes de vaho. Ese aliento animal era el que cubría todas las mañanas el valle de Corpo Santo. La fábrica de niebla, tan verosímil, ése era un cuento para niños. Ellos tenían otros para sí. Cuentos de la Santa Compaña, de muertos con saudade, que echaban de menos el café con gotas de aguardiente. Cuentos de lobo, con sus lobisomes pero también sus mujeres lobas. Cuentos de aventura y viaje, la infinita saga de la emigración. El polizón emigrante que no se decide a bajar del barco, y así toda la vida, de ida y vuelta, escondido, un hombre secreto. Historias de huidos al monte, de los maquis. De crímenes y venganzas. El hombre que va a la fiesta, con el propósito de matar al rival, pero cuando ya se oye la música de la verbena medita sobre el asunto y decide deshacerse de la navaja, y al terminar el baile, el otro, el que iba a morir, encuentra el arma, gotas de luna y rocío en la hoja, y va y se hace con ella, decidido, con un propósito... Cuentos de amores apasionados. En un convento de clausura, allí donde las monjas hacen muñecos del Niño Jesús para dormir con él el día de Nochebuena...

Y ahí, en los cuentos de amores, y de peleas por los amores, era el momento en que nosotros debíamos subir a los territorios del sueño. Aunque sabíamos que aquella expulsión era fingida. Que quedaríamos invisibles y clandestinos, sentados en el peldaño más alto, bajo una lámpara que comunicaba el viento de fuera, la intensidad de los cuentos, el rescoldo del fuego y nuestra propia brasa. En aquella bombilla, sostenida por un cable trenzado, iba y venía la luz, sin ir y venir del todo. Era también un lugar de intermitencias, donde rondaban las falenas de la noche. En los cristales de la ventana del lavadero, veíamos reflejados los rostros que hablaban en el claroscuro, como desde otro tiempo, que no era pasado, sino eso, otro tiempo. Las palabras alimentaban las llamas, pero llegaba el momento en que huían del fuego, ahumadas, pero al fin libres, hacia la oscuridad.

Y había noches inolvidables. Como cuando se leyó la carta de un pretendiente de la tía Maruxa, que era una mujer de belleza sísmica. Para demostrar su poderío, el pretendiente escribió una misiva que era leída y releída alrededor de la lumbre en Corpo Santo. Comenzaba con una información soberbia: «Maruja: Ayer te vi en la feria y has de saber que no te hablé». Las risas avivan el fuego. A continuación, el galán escribiente procedía a enumerar sus propiedades para impresionar y cautivar a la destinataria. Registraba en medidas caligráficas una infinita hacienda de fincas, prados y montes. Y luego detallaba el ganado: «Has de saber que sumamos siete vacas, equis cerdos y no menos de cien gallinas ligures». Y añadía con naturalidad: «Y un padre de salud disconforme».

La tía Maruxa, que luego se casó felizmente en Sada con un taxista, abría y levantaba los brazos al cielo como signos exclamatorios: «¡Ya lo veis! ¿Cómo voy a enamorarme de este hombre?». El fuego reía con chispas y pavesas. La estampa se reflejaba en aquella ventana de revelado en la noche. Era la última imagen retenida en el pestañear del sueño. Acunados por las voces bajas, en la escalera de Corpo Santo dormían los niños clandestinos.

4. La guerra, la vaca y el primer avión

Los dos abuelos sintieron cerca las garras de la cacería humana que se desató con el triunfo del golpe fascista, en el verano de 1936, en Galicia. Uno estuvo a las puertas de la muerte y otro anduvo un tiempo, junto con algunos compañeros, huido en el monte.

Había un rumor retumbante. Una alarma que emitía señales en la sombra oblicua de la tipografía de las noticias.

Pero todo lo que yo pude oírles a mis abuelos acerca de la guerra fueron dos historias en las que hablaban de pájaros. Dos presagios asociados a la naturaleza. Y por causa de ellos, ambos supieron con alguna certeza lo que iba a suceder antes de que sucediera.

A comienzos de aquel mes de julio, Manuel Barrós, el abuelo de Corpo Santo, volvió un día a casa apesadumbrado y en silencio, él que era tan animoso y hablador. No le apeteció comer. Y no recuperó algo el espíritu hasta que rompió a hablar y contó lo que le había pasado. En un camino en el bosque, el combate de dos abubillas. ¿Dos abubillas? ¡Vaya, hombre! No era la cosa para tanto. Escucha. La verdad es que él había visto muchas peleas entre animales, el desafío de machos, hombres incluidos, pero nunca había sentido un malestar semejante. Las dos abubillas se picoteaban sin tregua, ensangrentadas, a muerte. El abuelo trató de asustarlas, pero no hacían caso de sus gritos ni de su bastón. Aquellas pequeñas aves habían convertido todo su cuerpo en un arma. Todo su ser en una pulsión de muerte. Y mi abuelo decidió alejarse del lugar del horror. Interpretó aquello como una derrota de la naturaleza entera. Él, que no era nada supersticioso, dijo: «Algo terrible va a pasar».

En la otra historia, en la de mi abuelo paterno, la presencia de un ave era más bien fonosimbólica. Una mañana muy temprano, por aquellas mismas fechas, Manuel Rivas, carpintero de Sigrás, iba camino del trabajo en la ciudad, subido con otros compañeros en el remolque de un camión. Había una niebla espesa, se podía amasar con las manos, es un decir, y el camión la iba perforando lentamente. Después de una curva, surgió por la orilla de la carretera, como una aparición, un cura de sotana. Era un ser corpulento, y la figura se agrandaba con un sombrero padre de fieltro negro y el paraguas de siete parroquias. Los obreros siguieron en demorada panorámica al aparecido, que iba quedando atrás. Hasta que uno de ellos, el más joven, imitó desde el remolque el graznar de un cuervo:

—¡Groc, groc, groc!

Hubo risas por la broma, pero luego se hizo el silencio y todavía tuvieron tiempo de oír la voz tronante:

—¡Reíd, reíd! ¡Ya veremos quién ríe a mediados de mes!

Comenzaba julio. Un buen mes. El mes de Santiago. El mes de las fiestas. Mi abuelo, después de recordar aquel episodio, murmuraba como quien descifra de repente, conmocionado, un enigma histórico: «¡Lo sabía! ¡Aquel cura sabía lo que iba a pasar!». Siempre me impresionó el potencial de este relato, de lo que sucedió aquella mañana en la niebla. Alguien, como podría ser *aquel cura*, que es poseedor de un alto secreto, va y lo descubre, enojado por una burla infantil.

Manuel, el de Sigrás, estaba afiliado al Sindicato. Y decir sindicato en las Mariñas coruñesas era decir Confederación. La CNT anarquista. Estuvo un tiempo preso, durante el «bienio negro», pero el propio juez levantó los cargos. Participó en la larga huelga para alcanzar la jornada laboral de ocho horas. Y cuando mencionaba esa lucha, un brevísimo inciso en su silencio, volvía a refulgir en el pozo de la mirada una melancolía libertaria.

En la relación con el lenguaje, había una gran diferencia entre el abuelo labrador y el carpintero. Manuel de Corpo Santo era hablador, hilaba pronto conversación. Hablaba cuando estaba en compañía, por el goce de hablar, pero también cuando estaba solo. A veces no era consciente de esto, de que no estaba solo, y hablaba solo igual. Recuerdo ir con él alguna vez de la mano. Él hablando solo, con una energía creciente, con la dinamo de la voz, esa corriente transmitida por la apretura de la mano, la sensación de que íbamos a levantar el vuelo. Manuel de Sigrás era de pocas hablas. Lo acompañé más veces. Murió más tarde. Lo conocí mejor. Pero no fue por el hablar, sino por el callar. Se expresaba con un morse de silencios. Castro estaba cerca del Martinete. De vez en cuando, pasábamos una temporada allí, María y yo. Nos cuidaba Felícitas, la hermana más joven de mi padre. Y pasábamos también tiempo en el taller de costura de Amparo, la hermana mayor, donde el ritmo de las máquinas de coser se acompasaba con las emociones de las radionovelas. La casa de los abuelos estaba cerca de una cantera industrial. La explotación a cielo abierto había ido avanzando implacable hasta situar la vivienda en una especie de acantilado tembloroso. Hasta que no la pararon, la vida se movía por una especie de reloj de dinamita, las horas marcadas por los barrenos. Cuando la abuela bordaba, había un instante más silencioso que el silencio. Ella levantaba la aguja, entonces se sentía la explosión, el temblor de las ventanas, y la costurera volvía, sin comentarios, a la construcción laboriosa del bordado. Cuando mi abuelo regresaba del trabajo, me llevaba de compañero a una taberna de Cabana. Saludaba al llegar, pero luego nos sentábamos en un rincón, en dos banquetas, a la esquina de una mesa. La bebida habitual era la taza de ribeiro blanco. Él bebía siempre vino clarete, en vaso. Me invitaba a un refresco o a una gaseosa. Y así íbamos, trago a trago. De vez en cuando liaba tabaco de picadura. La columna de humo era más lenta y densa que la de los Celtas que fumaba mi padre. Ascendía y luego formaba una nube compacta irradiada por la lámpara. La bocanada producía un diseño animado, un paisaje. Él tenía ya por entonces el cabello argentado. Al quitarse la boina, producía un efecto luminoso, fosforescente. No me gustaban las boinas ni los cabellos canos ni las arrugas. Creo que, en general, a los niños no les atrae el rostro de la vejez. Pero a mí me gustaba aquella cabeza. Mucho.

A su manera, el hombre silencioso también hablaba solo. Entre bocanadas y tragos, rumiaba algo. Parecía a punto de decirlo. Miraba en diagonal la nube. Al fondo, el griterío de los clientes en la barra. Murmuraba: «Boh».

A la hora de citar las cualidades más valoradas en los talleres de pintura de Flandes, se decía: «La mirada fértil, la mano sincera». Eran dos condiciones que compartían el labrador, el carpintero y la costurera. La abuela de Corpo Santo, Xosefa, murió en la posguerra, cuando mi madre era una niña. El carpintero y la costurera, Dominga, tuvieron tres hijas y un hijo, el que sería mi padre, que fue a nacer en Zamora y en un tiempo de nieve, cuando mi abuelo trabajaba en la construcción de un hospital. Así que la criatura tuvo suerte: el primer sonido que pudo oír fue el del padre haciendo una cuna.

Las cosas se complicaron. Con el último parto, en la costurera se manifestaría un malestar que acabaría persiguiéndola siempre. Tenía un andar de nube. La sombra de un sueño. Lo peor para una familia obrera, en el hambre de posguerra, era que no había ni trabajo ni tierra. Mejor, en aquellos años, ser labrador. A las niñas las cuidaban las tías. Tres de ellas, solteras, habían trabajado de criadas en Coruña. Algo ahorraron, se querían, se cuidaban unas a otras, eran muy delicadas en el trato; alejadas de la grosería y el abuso machista, habían convertido su pequeña casa en una *casa de muñecas*. Allí creció Amparo, que sería con el tiempo una muy buena modista. También en el carácter y en el habla tenía una sutileza textil. En su taller, trataba a todos, niños y adultos, mujeres y hombres, como si fuesen el mejor paño de Galicia. El destino de mi padre había sido muy diferente. Él mismo decía que había vivido como un *pequeño salvaje*. Casi no pudo ir a la escuela. Para que tuviese comida, lo mandaron a vivir con sus abuelos labradores, con la encomienda de pastorear las vacas. Pero comer no comía mucho. Pasaba el día entre mugidos, decía. Y por la noche removiendo en las tripas las letanías del interminable rosario de los viejos. Y ése fue su trabajo durante años. Ir de mayordomo de las vacas. A veces pasaba al amanecer por delante de la casa de las muñecas, envuelta a esa hora en los velos que venían del río. Llegó a rozar con la mano la aldaba. Pero nunca llamó. Se le escapaba el ganado hacia la ribera. Bultos anfibios en la niebla.

Un día escuchó de repente un estruendo en el cielo. Era un avión bimotor. Bajó casi a la altura de la copa de los árboles. Parecía que justo iba a aterrizar allí. Mi padre contaba que estaba tan cerca que le pudo ver la cara al piloto. Como un tiempo de suspensión. Él miró hacia el piloto y el piloto lo enfiló con la mirada. Y la misma curiosidad tuvo la vaca más cercana. Verle la cara al piloto. Mi padre tenía la cabeza erguida hacia el cielo y la vaca la levantó también. La punta de un cuerno justo fue a dar en el maxilar. Allí donde quedó la cicatriz torneada como un hoyuelo.

Cuando creció, había mujeres que le comentaban que una cicatriz así hacía más interesante a un hombre. Le preguntaban cómo se había hecho ese hoyuelo, estilo Robert Mitchum. Y mi padre respondía con una precisión histórica: «Fue entre una vaca y un avión».

5. Vuelve cuando pises el sol

Sacudía la nostalgia como una mosca de la cara. Mi padre va y dice, lo estoy oyendo: «Uno pensaba que llevaba atado al animal, pero era el animal el que lo ataba a uno».

El *alindar*, pastorear o apacentar el ganado, en gallego, era algo muy común en la infancia de la generación de mis padres. Todos, tíos y tías, en algún momento hicieron ese trabajo. Días interminables, atados al animal. No es una metáfora. El pequeño tamaño de las propiedades, la preocupación por no traspasar los lindes, el miedo a que el animal saliese en estampida, amoscado o asustado por cualquier sonido o sombra en el mundo sospechoso del bosque y la montaña. Eso obligaba a llevarlo preso por una cuerda. Y la cuerda era también una atadura de resentimiento para la persona. Barruntando al ritmo del rumiar de la vaca. Mi madre recordaba como una pesadilla el trabajo de pastoreo. En concreto, el terror de ir con *Marela*. Todas las vacas paridas responden a la llamada de la cría. Pero ésta, *Marela*, respondía a todas las llamadas de todos los becerros, fuera el suyo o no. Y no respondía sólo con el bramido de madre, ese mugido que estremece el herbal y mueve las nubes. Echaba a correr, arrastraba a la niña hasta que ésta soltaba la cuerda, y la vaca iba saltando por encima de muros y setos para acudir a la llamada. Al día siguiente mi madre probaba a apartarla lo más posible, la conducía por los caminos hondos, al otro lado del monte. Así hasta que creía que estaba en otro mundo, en otra redoma de vidrio, donde no llegaban los ruidos, voces y sonidos de Corpo Santo. Pero ya es sabido que la elocuencia está en el oído de quien oye. Y en el lugar que fuese, aquella vaca oía siempre una cría que la llamaba. Hasta que un día la niña decidió que esta vez no iba a mantener tensa la cuerda que sujetaba a la *Marela* por los cuernos. Más aún, que no iba ni a mirarla. Ojalá tuviese una pizarra a mano para escribir. Un libro de santos para leer. Podía hacerlo en la tierra. Escribir, hacer unos garabatos en el suelo. Se miraron de reojo, ella y la vaca. Lo que dibujó en el suelo, bien visto, podía ser una vaca. La otra, la de verdad, permanecía hoy tranquila, disfrutando del pacer. Ya era hora. La niña pensó en algo que había oído contar una noche. Que la vaca puede alimentar a la cría todavía después de morir. Que mantiene el hilo de leche un día entero. ¿Cuántos años tienes, *Marela*? ¿Cuántos hijos has tenido? Cuando yo nací, tú ya eras madre. Ya te consideraban una loca. Sí, no digas que no.

Era bueno hablarles a las vacas. Saber hablarles. Era bueno para los animales. Era bueno para la gente. Para las niñas vaqueras era una forma de matar el tiempo, la soledad, el miedo. Y el enfado. Ella había vencido el miedo al monte con un encargo que le hizo el padre. Tenía que llevar un envoltorio con pan y alimentos. Tenía que dejarlo en una gruta. ¿Para quién? Eso no importa. Es mejor que no lo sepas. Pero es para alguien que lo necesita. Si te parasen los guardias, tú sólo tienes que decir: «Es para mí, para cuando voy con las vacas. Ni una palabra más». Y otro día llevó un cántaro de leche, y cuando volvió al día siguiente por él ya estaba vacío. Pobre gente que anda por el mundo invisible y encima hambrienta. Volviendo a las vacas, el caso es que se perdía la paciencia. Un día fue a Tabeaio, al salón de baile, un contador y humorista llamado Xan das Bolas, que había alcanzado mucha fama por figurar en algunos filmes en los que solía hacer el papel de sereno en las calles de Madrid. No debía de ser mal humorista, pues en una secuencia de la película *Historias de la radio* consiguió hacer de sargento de la Guardia Civil que era llevado en hombros por la gente. Al día siguiente de la actuación estelar en Tabeaio, a Pepa, la hermana pequeña de mi madre, le tocaba pastorear las vacas. Y les habló, a las vacas. Un discurso con brío. Insurgente. Nada de rumiar por lo bajo, nada de contemplaciones.

—¡Yo voy a ser bohemia!

Era una palabra rara, que había oído no sabía muy bien cuándo, y por eso le salió natural. Tal vez de la fábrica de sinónimos de doña Isabel para nombrar lo prohibido.

—¡Ya estoy harta de vosotras! —dijo Pepa en su discurso a las vacas—. Voy a ser bohemia. Y artista de cine. ¡Me voy a ir con Xan das Bolas!

Tendría ocho años, Pepa. Y el discurso llegó a doña Isabel, que disponía de un extraordinario servicio de información. Esta doña Isabel era sobrina del cura párroco, con quien vivía en la Casa Grande de Corpo Santo. Allí, al lado, estaba la casa humilde de los Barrós, atestada por una tribu infantil. Habían sobrevivido ocho, cuatro niñas y cuatro niños, en todo caso, muchas bocas para un viudo, aunque supiese escribir. Así que doña Isabel había formado con algunas criaturas una especie de protectorado, siempre provisional y caprichoso. Carmen fue durante un tiempo su favorita. Porque era muy callada. Y era verdad. Mi madre era muy callada porque hablaba sola. Y no daba molestias. Cuando no trabajaba, se encerraba en el desván de la Casa Grande a leer vidas de santos y santas. Se metía en aquella cámara oscura y buscaba una lanza de luz en las tejas para su felicidad clandestina, la literatura de las vidas extremas, radicales, locas, extraordinarias. Ser serían santos y santas, pero lo que ella leía, o por cómo lo leía, eran en vida mujeres hechiceras, raras, y hombres excéntricos, con viento en las ramas.

Carmen no daba problemas. Hacía su trabajo, nunca se quejaba; pasaba de la cuadra de ordeñar las vacas al desván con los santos.

Pero lo que había dicho Pepita, aquello le preocupó mucho a doña Isabel. Era la más pequeña. Desde que se fueron los artistas, no dejaba de mirar para la carretera.

—¡Dijo que se iba a marchar con Xan das Bolas! —comentó con escándalo doña Isabel a mi abuelo.

—¿Con Xan das Bolas?

Era una mujer con enigma, tan beata como romántica, reprimida y apasionada. Se sentía atraída por él y al mismo tiempo con la obligación de mantener una distancia. Dios había sido amable con ella, pero no le había dado la gracia del humor.

—Es la broma de una niña —dijo mi abuelo—. No le dé ninguna importancia.

A lo que sí estaba ella acostumbrada era a gobernar. Su vida y la de los otros. Dijo, ordenó:

—Sea como sea, la niña no volverá a ir con las vacas.

No lejos de Corpo Santo, en el lugar de Castelo, había otra niña pastora, Manuela. La que habría de casarse con Francisco, uno de los hermanos de mamá. Francisco podía llevar remiendos en los pantalones de pana. Era un adolescente pobre, sí, pero se lo disputaban en todas las casas. En todas había un saludo y un asiento para Francisco. Porque Francisco, fuese pobre o no, era un regalo. Para comenzar, agarraba las truchas con la mano en el río. Y los cuentos también. En el aire. A mano. Volando. Tuvo varios oficios, pero ése, el de contar historias, siempre lo conservó. Trabajó en la fábrica de zapatos Senra, que era de una familia de mucha tradición republicana a la que se la incautaron los franquistas. Después se hizo barbero. Ya algo contamos. Se jubiló hace tiempo. Todavía así, a los noventa años, los viejos clientes lo reclaman para que los visite en casa, en una residencia o en el hospital. Francisco se resiste, pero acaba yendo. Va con el neceser. Las tijeras, el peine. Y la memoria. El neceser de la memoria. Porque él sabe que no lo llaman por el oficio del cabello. Lo que quieren es oírlo. Y se lleva las tijeras, mejor, para puntear el suspense. Si Vladimir Nabokov hablaba de la sorpresa o novedad en la trama como equivalente a un *salto de caballo* ajedrecístico, pues el tío Francisco utiliza el *toque de tijeras*. He ahí la inflexión. Lo imprevisible.

Las tijeras cortan el aire. Un momento. Hay que volver atrás.

El monte de los montes era el Xalo. Cuando llega la noche tiene esa disposición de la tierra brava y testaruda que quiere volver a ver el mar. Todavía ahora es mucho monte de Dios, pero entonces lo era más. No había carreteras asfaltadas, ni tenía un largo lomo medio urbanizado. Era un monte que dejaba o no dejaba pasar. Cada vez, había que abrir paso. Y fue allí donde Manuela pisó el sol.

Tenía ocho años. Los dos hermanos habían sido reclutados para la guerra. Y le tocó a ella. No había otra salida. Llevar el ganado. Las vacas, dos bueyes y un caballo.

—Vete al Xalo. Hay pasto abundante. Pueden andar sueltos. No tienes que estar pendiente de que pisen aquí o allá.

—¿Cuánto tiempo?

—Tú vuelve cuando pises el sol.

Por más que preguntó no supo cómo iba a pisar el sol. Qué ignorante, parecían decir los adultos. Cuando pises el sol, ya te darás cuenta de que pisas el sol. Ella toda la tarde a la espera. En vilo. Atenta al sol. Cómo iba a hacer para pisarlo. Hasta que llegó el momento y fue muy fácil. El sol se puso a sus pies. Y lo pisó.

Lo que nunca dominó fue el relámpago. Tenía mucho miedo a las tormentas. Y más todavía cuando se hizo costurera. Costurera ambulante. Le enseñaron la costura con la Singer a los catorce años. Cosía en casa, pero no era mucho prosperar. Muchas veces pagaban con trueque. Tú coses la ropa y yo te doy una docena de huevos. Unas patatas. Harina. Pero nada comparable al día en que un fotógrafo, para pagar lo que ella cosió para las hijas, le hizo una sesión. No una foto, sino una sesión.

Si los encargos no venían, o venían pocos, había que ir a buscarlos. Se les ocurrió a ella y a una amiga, María. Ser costureras ambulantes. Iban con la Singer portátil encima de la cabeza de aldea en aldea. Atravesando montes y valles. Por senderos y por los caminos hondos. A veces, las acompañaba una tercera amiga. No importaba si cosía bien o mal. Cuando ella cantaba, pasaba lo que dicen de la alondra. Que espanta todos los miedos. Que sostiene las nubes, los truenos, los relámpagos. Pero cantaba tan bien aquella chica, que acabó siendo vocalista de orquesta en las verbenas, una estrella de las Mariñas admirada con el nombre de Finita Gay. Hasta que un día se embarcó para hacer fortuna en

53

América. Al final, todo el mundo se acababa yendo por ese otro camino. El del mar.

Manuela miraba todos los días hacia el mar, pero decidió seguir un tiempo con la máquina portátil en la cabeza, de aldea en aldea. Un día, en el camino, encontró a Francisco. Él no cantaba, pero parecía bueno para alejar los rayos. Los distraía con cuentos. Y todos iban a caer y tronar allá en lo alto, en el monte Xalo, donde las pastoras descalzas podían pisar el sol.

6. Las ruinas del cielo

Durante un tiempo, después de volver de Venezuela, mi padre estuvo trabajando en la aldea, en Rego, el lugar de Sigrás donde se crió, arreglando la casa de unos parientes, y nos llevó con él. Los primeros días, María y yo dormíamos en un alpendre, prolongamiento de la casa. En un altillo de madera al que se accedía trepando por una escalera. Era un lugar sin luz eléctrica, de volúmenes de sombras y olores fuertes. María y yo en una misma cama, con un lecho de las hojas que envuelven la mazorca del maíz. Habíamos dormido en casas campesinas, humildes, sintiendo el roce de la piedra al lado de la almohada, el correteo de los ratones, el extraño crujir de las camas transportando suspiros desde los cuartos matrimoniales, los pasos balbucientes de un anciano y el sonido de caracola del orinal en la noche, el saúco en lucha contra el viento en la ventana, el ir y el venir de las contraseñas centinelas de los perros. Esto era diferente, nuevo. Las sensaciones intensas activan los sentidos. Los de dentro, la corriente de los recuerdos, y los de fuera. Pero también ocurre que hay momentos en que los sentidos delegan todos en uno. Y aquella noche de verano, en lo alto del cobertizo, todos los sentidos, después de hacer cada uno su trabajo, se agruparon en la mirada. En el viejo tejado, a poca altura del lecho, había huecos, con tejas movidas o fracturadas. Pero no parecía un peligro, sino una obra intencionada de la ruina. Eran ventanucos al firmamento. Nunca habíamos visto tan cerca el cielo. Tan confiadas las estrellas.

Estirados, cubiertos por una manta, sin hablar, nos fuimos despreocupando de la rudeza del lecho, de los nervios de las hojas impresos en la espalda, quizás porque todo se iba haciendo más leve, flotante y luminoso, con una luz diferente a la conocida, que se expandía de tal modo por nuestra cámara oscura, que se posaba en las cosas y en las caras y no se notaba al tacto. Si María no decía nada, si María dormía con los ojos abiertos, si María era azul en la noche, como las telarañas, las manzanas y las pacas de paja, pues yo también sería algo así. Fueron sólo unas pocas noches. No dijimos nada. Ni entre nosotros. No nos quejamos. Nuestra madre se enfadaría, exigiría otro *hospedaje*. El tejado estrellado lo guardamos en nuestro reducto de oscuridad. La noche nos había adoptado. Se abría, reveladora. De alguna forma, ya le pertenecíamos. Seríamos para siempre de su estirpe.

—¿Tuvisteis miedo?

—¡No, ninguno!

—Estos dos duermen con los ojos abiertos —dijo mi padre.

—¿Son lechuzas? —preguntó un primo de mi padre, mirándonos a los ojos.

—Auténticas lechuzas.

Y entonces el primo imitó el canto de la lechuza. Un chirriar, una especie de lamento, que atravesó el día y la noche. También él era lechuza.

Nos trataban bien. La aldea, para los niños que veníamos de la ciudad, era una fiesta. Sobre todo si te pasaba algo anormal. Por ejemplo, un accidente.

Los dos jóvenes que llevaban el peso del trabajo en aquella familia labradora de Sigrás me incorporaron como mascota en su incansable equipo. Iba siempre como un rey. En el carro. A caballo. Una de las labores de la temporada era arar, gradar y al final pasar la atabladera para alisar la tierra del cultivo. Ése era para mí un momento glorioso. La atabladera es un armazón de gruesos mimbres entrelazados. Arrastrado por los animales, hace el efecto de un peinado que nivela la tierra ya ablandada por el arado. Para que el deslizarse no sea demasiado leve ni superficial, para lastrar la fuerza de los bueyes, se colocan piedras en la plataforma. Y encima de las piedras iba el niño. No era lo más parecido a un sueño. Era un sueño. Montar en una alfombra tirada por bueyes y recorrer en trono de piedra la llanura. En aquella pequeña odisea, el niño vivía la aventura desconocida que era al tiempo la nueva experiencia de un cierto poder. El ser transportado por aquellos seres enormes, mitológicos, que a la vez obedecían las voces amigas. Pero también descubrió, de repente, que los animales, ni siquiera los bueyes más mansos, no gozan con el trabajo, y todos tienen el ansia de terminar cuanto antes. Pese al lastre de las piedras y el niño, el ganado notó la levedad y dio un tirón veloz, echándose a la carrera. Con la sacudida, el niño cayó y una de las piedras lo lastimó. Tenía sangre en la rodilla.

Curioso, una sangre roja con un hilo blanco. Y eso no gustó. Los dos jóvenes lo rescataron, lo llevaron en vilo, corriendo por atajos, y cayeron los tres al saltar un muro. Lo que él recuerda es que en lugar de acentuar el dramatismo, aquello hizo que se echasen a reír. Y cuanto más reía uno, más reía el otro. El niño no sabía qué pensar. No había otra alternativa. Tenía que reír.

Cuando llegamos a la aldea, la sangre ya no corría. Formaba una costra. Lucía bien en la pierna, un surco escarlata. Y así entré de verdad en la aldea. Con sangre y tierra. Un bautismo.

—Se va a quedar con nosotros para siempre. ¡Va a ser bravo!

Otra vez a reírse. Qué remedio. Empecé a intuir que todo lo que decían había que leerlo del revés.

Mi padre me contó la historia de un hombre bravo. Tal vez para que supiese de verdad lo que era un hombre con agallas. No un bocazas, sino uno que no se somete. Se llamaba Ganzo. Había conocido a una chica y se enamoraron. Él bajaba de la montaña, de una aldea más remota. Venía a caballo. El padre de ella no aprobó la relación. Como sospechaba que se veían a escondidas, encerró a la hija en casa. Siempre vigilante. Era un hombre con vara de mando, con fama de déspota. No era aconsejable hacerle frente. Cada domingo, Ganzo bajaba del monte y se ponía ante el portalón de la hacienda, inmutable horas y horas. Caía la noche y marchaba. Nadie salía a darle un habla. Pero volvía a la semana siguiente. Un día se abrió la puerta y asomó armado el padre de la chica.

—¿Qué es lo que quieres, Ganzo?

Y él respondió, sin amilanarse, con una frase histórica:

—¡Que deje en libertad a la cautiva!

El padre quedó tocado, perplejo. Aquel hombre de la montaña lo había retratado ante todo el mundo.

A veces, al escribir, me venía a la cabeza esa historia. Ese remate. Esa frase sorprendente, dicha en castellano y al modo medieval. Ese uso preciso del delicado término de *cautiva*. Un día se lo recordé. Mi padre chascó la lengua. Miró para un punto indefinido. Remoto. Regresó.

—En realidad no dijo eso.

—¿No?

—No.

Vio la desilusión en mis ojos. Cada uno a su manera, estábamos pensando en lo mismo. Los límites borrosos de la verdad y la ficción.

—¿Qué dijo Ganzo?

Me miró. Lo iba a decir. Sonrió para dentro. No dijo nada.

—Me lo tienes que contar —rogué.

—Es mejor dejarlo así.

—Pero ¿qué dijo?

Ahora parecía que dudaba, pero no que dudase entre un hecho y una invención, sino entre dos realidades.

—«¡Suelte a la perra!» Eso fue lo que dijo.

—¿A la perra?

—Sí, parece que dijo eso.

59

—Era mejor lo otro.

Estábamos en el porche. Había una planta que le llamaba la atención. Lo rápido que crecía. El verde jubiloso. También estaba a punto de decir algo sobre esa planta, pero nunca dijo nada. Era una marihuana de María.

—Te voy a decir lo que pasó —concluyó sobre el caso Ganzo—. Unos oyeron una cosa, y otros, otra.

—Pero ¿tú qué crees que dijo?

—No sé. El otro le disparó a los pies para asustarlo. Pero él siguió allí. Sin moverse. Yo oí el tiro. Eso sí.

Después de una aldea, había otra aldea más alejada, que era el lugar remoto, la frontera extrema, pero más allá de esta última también había otra, y otra que a la vez tenía su marca remota, así en una cadena geográfica hacia lo ignoto, que era una especie de reverso imaginario. Todo, en realidad, era una geografía mental, una densa confederación de aldeas, como un crucigrama infinito de caminos entre topónimos. El lugar *remoto* podía estar a una hora andando. Recuerdo como un largo camino la primera peregrinación a la que fuimos, de Corpo Santo a San Bieito. Hacía mucho calor y los cerezos daban sombra y fruto. Nosotros no alcanzábamos las ramas, pero los mayores las arqueaban hacia abajo para que pudiésemos picotear. Iban contentos, y nosotros con ellos. Las romerías eran algo más que una misa. Eran una fiesta que traspasaba el día, y en la que lo religioso parecía sólo una excusa. Los lados del camino, y eso ocurrió de repente, se estrecharon en un corredor de cuerpos y lamentos. Tullidos. Ciegos. Gente desfigurada. Mujeres enlutadas con criaturas en el regazo. Había visto gente que pedía limosna, pero no de esta forma coral. Impresionaba la salmodia de las voces, pero sobre todo, a la altura del niño, la expresión silenciosa, la mirada fija de los muñones desnudos. El rito de curación, esconjuro o protección en San Bieito era pasar por un agujero en un muro de piedra. Para los pequeños era muy fácil, pero no para un adulto. Cuando además era grueso, verlo allí, medio cuerpo a un lado y medio al otro, resultaba algo cómico, pero al principio. La desgracia, para ser cómica, no puede durar. Perder el equilibrio y caer. Resbalar en la acera. La bofetada del payaso que tumba a otro. Una tarta de merengue en la cara. Quedar con el culo al aire. Todo esto es cómico, si no dura. Cuando uno quiere pasar de un lado a otro, por el hueco de un muro, y es un ritual curativo y santo, y se ve que no puede, queda atrapado, el rostro sudoroso, congestionado, es como asistir a lo cómico y a su reverso a un tiempo. No existía el milagro, pero sí su derrota. El bracear desesperado de la metáfora carnal. Todos los que empujaban, las voces que lo animaban, conseguían a veces éxito en el pasaje, y el cuerpo caía con los brazos abiertos del otro lado, como quien se posa al fin en el esplendor de la hierba. Se sentía entonces un alivio general. Un confort común, de las gentes y de las piedras. El alivio. Eso debe de ser lo más parecido al milagro.

No, San Bieito no era remoto. Lo era para mí. El primer lugar donde vi al ciego con un ojo que reía y otro que lloraba. El hueco en la piedra unía la enfermedad y la fiesta, los cantos y los lamentos, las plegarias y las bombas de palenque, el alba y el crepúsculo. Y la imagen del muro como una frontera de un más allá, con su paso redondo, como un ojo curador, pero también sarcástico y a veces cruel. Acabaría dándome cuenta de que San Bieito era parte de un país tan invisible como omnipresente. Una telaraña que mece y traspasa el viento de la historia, sin romperla. Gran parte de nuestros primeros viajes, visitas familiares aparte, era a los lugares sagrados, que emergían en el calendario como días de fiesta. Romerías a las que convenía ir a pie, por lo menos un trecho. Ahora los automóviles penetran y profanan, si los dejan, hasta el campo de la fiesta o el cementerio. Pero el ir a pie tiene un sentido. Y todavía más llevar un exvoto en la cabeza. Darle tiempo a lo sagrado. Es el tiempo de llegar a lo excéntrico. Cuando escribo, voy a pie. Decidido, contento, de vez en cuando una cereza. Hasta que las piernas tiemblan porque allá en el fondo se ve el muro. Y el agujero en el muro.

A veces, no se llega y es por no ir a pie. Fue lo que ocurrió la última vez que me acerqué al San Andrés de Teixido, la más excéntrica, la más auténtica peregrinación. En coche. En compañía de Liz Nash, una escritora y periodista británica. Todo el camino hablándole del santo que había llegado del mar en una *barca de piedra*. Explicando el sentido figurado de la *barca de piedra*, por el tipo de lastre que usaban las embarcaciones. Interpretando la leyenda de que a Teixido (el lugar de los tejos) irá de muerto quien no fue de vivo. Contando por qué no se deben matar animales, ni siquiera insectos, pues pueden ser ánimas de difuntos en camino. La idea de la re-existencia, de la trasmigración de almas, en el saber popular.

Etcétera.

Hasta que llegamos al santuario. El sol incendia el mar y la naturaleza experta se dispone a componer un artístico crepúsculo para las cámaras de los últimos peregrinos. En la puerta lateral del templo, hay un sacerdote con sotana y cuello blanco. También para él es fin de jornada. Liz se acerca para preguntarle sobre la leyenda. Por la puerta entornada se ven las anatomías pálidas de los exvotos de cera, como juguetes rotos a la espera de un milagro. Ella está muy interesada. Es fascinante encontrarse con la creencia viva en la trasmigración de las almas, esa filosofía tan oriental, en el extremo del Occidente europeo. El cura echa un trago. Me mira de reojo. Mira al mar. Mira a Liz.

Chasca la lengua.

Dice: «¡Cuentos de viejas!».

He ahí un hombre bravo.

7. El adiós del saxofón

Mi padre nunca fue en avión. Él ya le había visto la cara al extraño aviador, ya tenía un aviso de la aviación.

En tren fue muchas veces. Desde que era un chaval. En los techos de los vagones. Contaba como la noticia de una liberación el día en que le dijeron que iba a trabajar de *pinche*, aprendiz de albañil, en la ciudad. Al contrario de lo que ocurre en el cuento *¡Adiós, Cordera!* de Clarín, en el relato de mi padre quien quedaba triste era la vaca y a él le saltaba el corazón de alegría el día en que dejó atrás la verde cárcel de los herbales. Nunca tuvo saudade ninguna de aquel tiempo de niño pastor. Y desde luego no tendría interés en atribuirse la condición de «amigo de los animales». Pese a la cornada del episodio aeronáutico, no se trataba de miedo o rechazo. Mantenía siempre con ellos, incluso con los domésticos, una distancia educada, pero innegociable. La excepción más notable fue la de Cotobelo, un chucho pequeño y con mucho carácter, al que le sobraba ese tópico de ser tan listo que sólo le faltaba hablar. Si los animales hablan, pero no los entendemos, la singularidad de Cotobelo es que se le entendía gran parte de lo que decía. No sólo anunciaba las visitas, sino que opinaba sobre ellas con total sinceridad. En la apreciación de mi padre, no era ni dejaba de ser una persona. Era algo diferente: un personaje. En las largas noches de invierno, solían ver juntos la televisión. Les gustaban los filmes del Oeste. Pero también compartían el gusto por la música. Para mi padre, el mayor logro del género humano era una orquesta de jazz.

—¡Estos negros tocan como Dios!

Cotobelo murió cuando yo ya había comenzado a colaborar en la prensa. Escribí un artículo en el que trasladaba una inquietud oída a mi madre: «¿Puede un animal como Cotobelo ir al cielo?». Lo más sorprendente es que a los pocos días respondió un sabio teólogo, Andrés Torres Queiruga, diciendo que por qué no. Los animales tienen ánima. Y sería desolador, y aburrido, un más allá, un Paraíso, sólo habitado por almas humanas. Mi madre recortó el artículo y fue de las cosas que guardó en la mesita de noche mientras vivió.

Llegaba la matanza del cerdo y mi padre hacía lo contrario de la gente corriente. Desaparecía.

La casa en construcción de Castro de Elviña, donde fuimos a vivir en 1963, estaba en un lugar apartado y conocido por Monte da Nacha, lindante con un camino de tierra que llevaba al llamado Escorial y a la torre de emisión de Radio Coruña. Una de las primeras informaciones vecinales que recibí, con cierta turbación, fue que justo en aquella cumbre era donde daba la vuelta el viento. Un mérito que se atribuye a muchas cumbres, pero que en este caso, y no había más que oír el rumor hosco de los eucaliptos, era muy verosímil. Y no eran dos o tres voces las que lo afirmaban. Todo el mundo decía lo mismo: «¡Vais a vivir donde da la vuelta el viento!». Eso, lo de ver al viento dar la vuelta, fue algo que me tuvo ocupado y preocupado durante un tiempo. Y todavía más cuando mi padre proclamaba: «¡Aquí nunca llegará la ciudad!». Algo había de cierto. Las gaviotas coruñesas, incluso en la tempestad, daban siempre la vuelta allí, en aquel non plus ultra del altísimo poste radiofónico. Y lo mismo los estorninos, que hacían y deshacían viñetas súbitas en el cielo. Los cuervos, no. Los cuervos volaban, solitarios o en batallón desastrado, y de repente caían o remontaban hacia lo desconocido. Tenía simpatía por los cuervos. En la iglesia, siempre húmeda y fría, con los cuerpos petrificados por el contagio de las losas, había un momento en que revivíamos y era cuando el cura leía la parte del Génesis en el Antiguo Testamento, y en especial el episodio del Arca de Noé. Todos atentos a las manos del sacerdote, pues hacía el gesto mímico de soltar una paloma y un cuervo, con la misión de ser informadores meteorológicos después del diluvio. Regresaba la paloma con la rama de olivo, pero el predicador nada decía del cuervo. ¿Qué había sido de él? Normal que no volviese el cuervo. No había más que verlo allí, en nuestro monte. A su aire. La paloma es periodista. El cuervo, ese vagabundo, es poeta. Y el cuco. También el cuco seguía su viaje. Nunca volví a escuchar al cuco como en la infancia en aquel monte. Una de las veces que el abuelo carpintero rompió su silencio fue para decirme despacio, con la intención de que no me lo olvidase nunca, un proverbio destilado como un haiku: «Si el cuco no cantó en marzo o en abril, o el cuco está muerto o el fin está a venir». Había un gran peñasco que llevaba su nombre, el del cuco. Tenía su forma, un ave pétrea, alada, con el pico orientado hacia la línea del faro. Una gran piedra a punto de volar, ésa era la posición. Cada año, en marzo o en abril, pasaba el cuco. Subía hacia el norte desde algún lugar de África. Debía de haber una saga de cucos africanos que mantenían ese camino. Se notaba que la ruta no le era indiferente porque no pasaba sin más. Se recreaba en el cucar, que iba y venía en intensidad. Todo el deseo se concentraba entonces en la mirada, en el querer ver al cuco. A Zapateira, en aquel entonces, era un gran espacio de misterio, una tierra de nadie poblada para nosotros por los seres de la imaginación, que a veces nos visitaban en forma de zorros, conejos, martas, serpientes, búhos o lechuzas. Era también el primer lugar donde el cuco cucaba. No existía todavía ninguna carretera ni club de golf. Hasta que los hicieron, la carretera y el campo de golf. Y los veranos subía la comitiva motorizada de Franco. Todo el monte escudriñado por cientos de guardias. De repente, se ponían firmes en sus puestos de vigía. Pasaba el zumbido acorazado del Caudillo. Las compactas carrocerías negras, como catafalcos rodantes, con los vidrios ahumados. En aquel convoy de verano, nunca distinguimos ningún rostro. Con los años, se extendió la ocupación catastral y fue desapareciendo del monte la salvaje compañía. Quedaba el cielo. La imaginación de las nubes. El viento zarandeando a los cuervos. Los cuervos burlándose del viento.

El caso es que mi padre no soportaba ni la matanza del cerdo ni de otros animales. Él construía las cuadras, los corrales, las jaulas, esa pequeña granja doméstica que circundaba la huerta. Ayudaba a criarlos. Construyó el *baño*, la artesa donde se guarda en sal el cerdo despiezado. Solía hacerse la matanza en el verano de San Martín, en el sol de invierno. En las casas era un gran día de fiesta. En la cultura popular gallega, tan pantagruélica, el cerdo era considerado un sustento providencial, dispensando. Hay esa estampa del paisano a quien preguntan cuál es su ave preferida y él mira al cielo y exclama: «¡Ay, si el puerco volase!». Y muchos proverbios de alabanza, no necesariamente antiguos. Como ese que dice: «Salvó a más gente el cerdo que la penicilina». Pero el caso es que mi padre desaparecía ese día. Ni siquiera el ansia de venganza modificó su posición. Cuando trabajaba de autónomo, a veces pasaba meses sin cobrar. Y después de esos períodos de carencia, podía cobrar todo de una vez. La casa estaba aislada. Era un objetivo fácil para rateros. Nos robaron algún domingo, cuando no había nadie. Tampoco tenían mucho que llevarse. El caso es que un sábado mi padre cobró el trabajo de varios meses. El domingo estábamos invitados a una fiesta familiar. ¿Dónde meter el dinero? La idea parecía brillante. Metió el dinero en un bote de pintura vacío. Un bote metálico, bien tapado, que escondió en la cuadra del cerdo, bajo la maleza que le hacía de cama. Cerró la puerta con candado. ¿Quién hurgaría en semejante escondite? Al volver, de noche, el candado estaba en su sitio. Abrió la puerta. Allí estaba, a primera vista, el bote. Destapado, sin nada dentro. El hozar del cerdo. El animal devoró en un rato todo el trabajo de meses. Pero mi padre tampoco asistió a aquella matanza.

Alguno de mis tíos hacía aquel trabajo, el de matar el cerdo. Y dirigía las labores siguientes como un rito: quemar la pelambrera con teas de paja, lavarlo, abrirlo, destazarlo, salgarlo. Mi madre se encargaba de todo para los preparativos. También de buscar brazos para sujetar al animal. El oficio de matachín no tenía ninguna pretensión ritual ni artística. La profesionalidad consistía en hacer sufrir lo menos posible y acabar cuanto antes. Saber el mejor camino al corazón y guiar por allí la punta del cuchillo. Rápido, pero sin atropellarse, con pulso. Mi trabajo era el de estar allí, a la altura de la boca de la herida, para aprovechar el chorro de sangre en una palangana. Y remover la sangre, destinada a las morcillas, para que no cuajase.

La ausencia de mi padre no se comentaba. Se pasaba por alto. Era una rareza y ya está. Como ser de otra religión.

De los otros sacrificios, de las aves y los conejos, se encargaba mi madre. Tampoco ella tenía ninguna vocación carnicera, pero sí la de dar de comer. Alguien tenía que hacerlo. Uno de los peores días de su vida fue cuando se le fue de las manos un pato ya descabezado. El ánade siguió volando sobre nosotros un tiempo, en un carrusel atolondrado. Ella trató de calmarnos y calmarse a sí misma: «¡Pobre! Tenía mucha electricidad dentro».

Este apartado de los sacrificios se trataba de obviar, pero, a veces, surgía de modo imprevisto y no en el mejor lugar posible. En la mesa. Como en el caso del gallo barítono. Los despertaba cada mañana. Pasó el tiempo. Mi madre atrasó varias veces aquel momento fatal. Lo preparó para comer un día de fiesta, no sin avisar. Sabíamos que ella era la que peor lo pasaba, la que iba en solitario al ocasional matadero de la huerta, y al volver murmuraba: «Se acabó. ¡Nunca más!». Mi padre no comió ese día. Todos a rumiar en el arroz la escala musical. Y de vez en cuando, pasados los años, recordaba al cantor:

—¡Aquel gallo valía un potosí!

Hasta que, en efecto, mi madre dijo un día «¡Nunca más!» con una convicción especial. Y se acabaron para siempre los sacrificios de animales.

Un potosí era el valor máximo de las cosas para mi padre. Y un potosí era también lo que valía el saxofón.

Él había aprendido a leer partituras musicales antes que los libros. El solfeo antes que el abecedario. Saber sabía las primeras letras, había ido unos meses a la escuela, pero para leer y escribir de verdad aprovechó el tiempo muerto en la *mili* del cuartel de Parga. Estaba en la banda de músico y en el invierno hacía tanto frío que, en su expresión, «las notas musicales quedaban congeladas en el aire». En su versión de aquel período glaciar, un corneta quedó una noche espetado en una nota, sin poder despegar la boquilla de los labios. Todos reíamos aquella exageración y él decía: «Reís por ignorancia». Tenía razón. El antiguo campamento militar de Parga, hoy abandonado, con los pabellones tomados por las zarzas, mete el frío por los ojos aunque lo mires desde lejos y en verano. Aquel chaval que a los once años corría de Sigrás al puente de Cambre para, como muchos otros, saltar a los vagones para ir a trabajar a la ciudad, aprendería de muy joven, por una feliz casualidad, a tocar el saxofón. Fue un trueque. A mi abuelo carpintero se lo dieron en pago por algunos trabajos. El *pinche* salía de la obra e iba a clases de un maestro que en realidad se ganaba la vida tocando el piano en un pequeño cabaré.

De la vida de *pinche*, mi padre siempre recordaba el día en que tuvo la ocurrencia de calentar las veinticuatro cazuelas de los operarios con unas tablas de teca. El noble fuego que dieron, todo brasa sin humo. Estaba admirado. Él no sabía que aquella madera valía un potosí, y cuando llegó el patrón, que gastaba zapatos blancos, soltó un juramento que hizo temblar las ramas todas de los jardines del Relleno coruñés. Expresó en voz alta su intención: «¡Voy a hacer un churrasco de *pinche*!». Ese día, con la complicidad de sus compañeros, mi padre también desapareció.

Se escabulló de aquélla y de otras. Con el tiempo sería un buen albañil. Aunque en la juventud lo que amaba era el saxofón. Durante años combinó los dos trabajos. El salario de la construcción con las actuaciones de los fines de semana en verbenas y salones de baile. Los músicos coruñeses se reunían alrededor del bar La Tacita de Plata. Allí conoció a los verdaderos héroes de la emoción popular. Los que mantuvieron los espacios de la fiesta y el enamoramiento, en aquel tiempo ruin. Tocó en orquestas fijas o improvisadas. Allí venían a contratar los vicarios de las fiestas para las aldeas o los dueños de los salones de baile. La ruina de los salones, eso echó atrás a muchos músicos. Era la vida del gorrión. En el verano, grano; en el invierno, un infierno. Mi padre nunca dejó el trabajo de albañil. Como el gorrión, tenía miedo del invierno. María y yo, de pequeños, lo veíamos regresar de la obra, cambiar de ropa y marchar de nuevo con el saxofón. Subía a un carromato con los compañeros de la orquesta, camino muchas veces de un lugar muy remoto, incluso en las montañas lindantes de Asturias y el Bierzo. Hasta que aquel ritmo insoportable lo venció, como al Chaplin de *Tiempos modernos* bailando somnoliento en un engranaje imparable.

El albañil, el amador profesional, dejó la música. Pero quedaba el saxofón. Para Carmiña y para nosotros, el tesoro secreto de la casa, adormecido encima del armario, a la espera de tiempos mejores. De vez en cuando, el saxofón bajaba e iba a colocarse en las manos de mi padre. La última fiesta en que lo oímos fue una Nochebuena. Tocó pasodoble, tocó bolero, e incluso un villancico. Mi madre no paraba de reír. Ese día entendí, creí ver, cuándo y por qué se encontraron los dos solitarios. Allí estaba el hombre especial, creando armonías.

Un atardecer, mi padre llegó acompañado de un hombre con un mostacho que formaba una especie de herradura en torno a la boca. Era corpulento, pero con los brazos algo caídos, como portador de un cansancio anatómico. Había en todo él algo de caído. Los dos muy serios. Silenciosos. Mi padre entró en el cuarto de matrimonio y bajó la caja del saxofón del armario. Lloramos. Simplemente fue así. María y yo empezamos a llorar. Era además un llanto que no tenía consuelo. La sensación de que se estropeaban todos los relojes de todos los tiempos. Mi padre no contaba con esa reacción de solidaridad hacia el viejo saxofón. Se le veía perplejo y turbado. Nos llamó a un lado y dijo con voz grave:

—¿Sabéis por qué se lo doy? Porque a él le hace falta para ganarse la vida.

Nosotros lloramos, sí, pero creo que el más apesadumbrado era ahora aquel hombre de ojos oscuros y bigote de herradura. Lo vimos irse con la caja negra. De repente, se dio la vuelta. Vino hacia nosotros. Metió la mano en el bolsillo y nos dio una moneda de cinco duros. Y luego marchó cuesta abajo, hacia la noche, el cuerpo escorado, como quien lleva un ánima de la mano.

8. El viaje al paraíso inquieto

La primera imagen es la de una vieja enlutada en una ventana. Pero no me mira a mí, así que sigo la dirección de su mirada y allí hay un hombre atareado. Es Farruco que está colocando pares de zapatos y botas sobre un muro. Los limpia, los lustra con betún o con grasa de caballo, y los hace bruñir con un paño y un cepillo. Luego las coloca, las parejas, por edad. Allí están, al sol del domingo, todos los zapatos de su vida.

Gaston Bachelard definió el mundo pintado por Chagall como un «paraíso inquieto». Yo no sabía entonces ni de la filosofía poética de Bachelard ni de la aldea en vilo de Chagall, pero conocí ese lugar de niño y en él crecí. Un paraíso donde los caballos de colores comían espinas, un paraíso duro, con nombre de batalla. Era Castro de Elviña.

Mi padre estaba contento por haber construido allí, con sus propias manos, lo que él llamaba al modo venezolano un *ranchito*. Una casa en construcción, de una planta, y en medio de la ladera. Justo colocó la puerta, que había hecho mi abuelo, el día de la gran nevada de 1963. Atravesó con ella al hombro el río de Monelos y el promontorio de las vías del ferrocarril, pues estaba taponado el túnel de Someso. Fuimos los tres, el abuelo carpintero, que llevaba el marco de la puerta, el padre con la propia puerta y el pequeño detrás, con alguna herramienta, contando los pasos y tratando de pisar en sus pisadas. Había que hacerlo. Había que tener casa propia. La más precisa definición de independencia de mi padre era ésta: «Hay que vivir en un lugar donde no se escuche al vecino tirar de la cadena de la cisterna».

Al principio, Carmiña, María y yo no estábamos muy convencidos de aquel éxodo desde el Monte Alto a otro monte todavía más alto, con camino de tierra, y por donde bajaba torrencial la lluvia, y sin transporte ninguno. Por no hablar del viento. Para viajar a la ciudad, había que recorrer una larga distancia por senderos y campo a través hasta la Avenida y allí esperar a la *Cucaracha*, el viejo autobús que venía atestado de gente en su ruta por las Mariñas, y que hacía honor a la pieza que muchas veces entonaban los pasajeros: *La cucaracha, la cucaracha / ya no puede caminar / porque no tiene, porque le faltan / las cuatro ruedas de atrás.* Muy cerca de la parada acababan de inaugurar la fábrica de Coca-Cola que abastecería Galicia. Un edificio sorprendente para la época, un grandísimo cubo de cristal, a la orilla de la carretera, pero enmarcado en la naturaleza. Mientras no llegaba la renqueante *Cucaracha*, mirábamos asombrados el movimiento incesante de la cinta transportadora donde las hileras de botellas de la pócima entraban vacías por un lado y salían llenas por el otro, sin la presencia, a la vista, de ningún ser humano. Cuando me hablan de «realismo mágico», esa etiqueta literaria de la que abusan los críticos perezosos, lo primero que me viene a la cabeza es aquella fábrica transparente y la visión de las botellas que se llenaban solas. Y nosotros a la espera del anciano y fatigado coche de línea, con su motor rencoroso. El andar de la *Cucaracha*, eso sí que era realismo. Y algo tenía de mágico.

Habíamos tenido que abandonar el bajo de la calle Marola a la fuerza, en un apresurado desalojo. Los propietarios apenas nos dieron tiempo para la mudanza. Carmiña fue a su domicilio para parlamentar una moratoria. Me llevó con ella. Era muy tranquila, pero ese día podía sentir en la mano, desbocado, el pulso de su corazón. Nos recibió la señora, sin hacernos pasar al vestíbulo. Era una mujer enjoyada y tiesa. Mi madre le soltó algo parecido a los versos de la justicia por la mano, que se sabía muy bien, de Rosalía de Castro. Y aquella mujer llamó a gritos al marido. Lo inesperado de la escena fue que apareció un hombrecito con mandilón de cocina. La mujer lo azuzaba contra mi madre, pero él estaba muy nervioso, hablaba apenas con un hilo de voz. No se sabía de quién tenía más miedo, si de la inquilina airada o de las órdenes de su mujer. El caso es que Carmiña decidió suspender las hostilidades. El hombre tartamudeaba y la propietaria había desaparecido. Me agarró de la mano y marchamos sin más. Ella fue todo el camino hablando sola. Ahora lo que podía sentir en la palma de la mano era la vibración del sirventés de sus palabras.

Mientras mi padre avanzaba en la autoconstrucción en aquel trozo de monte que había comprado con la ayuda de los bolívares, fuimos a vivir unos meses a casa de mis abuelos paternos, el carpintero y la costurera. Estaban también en un monte, en el arrabal de la ciudad, llamado Martinete. De aquel paisaje hoy no queda ninguna huella. Mi abuelo iba a trabajar como operario y tenía también un pequeño taller en el bajo de la casa. Los domingos cultivaba un trozo de tierra lindante con el río de Mesoiro que tenía cauce por el vergel de A Granxa y que, con el nombre ya de río Monelos, desembocaba en la bahía. Entonces tenía vida, el río. Si subían algunas anguilas, sería porque todavía había antiguas noticias del pequeño Monelos en la memoria submarina de los Sargazos. Pero también el río desapareció, todo él subterráneo. Debe de ser uno de los pocos casos en el mundo en que en una ciudad se decreta la desaparición de su río. Cuando llueve en aguacero, a veces, en algún sótano de algún aparcamiento, oyes el rumor, el bramido del espectro del río.

Uno de los vecinos del Martinete era un hombre mudo, de largas barbas. Creo que se llamaba Fidel, o así lo nombraban, tal vez por los barbudos de la revolución cubana. Era un buen compañero de mi abuelo carpintero. Se entendían muy bien los dos en silencio. El operario de aserradero vestía siempre un mono azul de trabajo y tenía en verdad un aspecto de personaje legendario. Un aire de argonauta que había perdido el habla en alguna isla donde robaban las palabras. Corpulento y ágil a la vez, ponía todo su cuerpo a producir signos cuando quería expresar algo. Era el vecino más comunicativo del contorno. Mi abuelo lo escuchaba con los ojos, se quedaba pensativo o asentía. Podían estar así horas. Era una anatomía entera filosofando, exclamando con las pestañas, subrayando con las cejas, escribiendo en el aire con los brazos, con las manos, los dedos componiendo ideogramas. Un día se averió la fuente. No echaba agua por el caño. Y el mudo, muy competente en toda maquinaria, comenzó a explicar el problema a la rueda de vecinos. No usaba palabras, pero en la atención de todos se reflejaba la extraordinaria elocuencia. La energía de su cuerpo parlante. La forma en que describía en el aire el camino todo del agua. La ley de los vasos comunicantes. Cuando terminó, el agua volvió a manar por el caño. No podía ser de otra manera. Toda la gente estaba convencida, a la espera. Sería una vergüenza para el agua no salir.

Y llegó el día de la nevada. El de llevar la puerta. El de tener un hogar propio.

En aquella zona está ahora situada la Universidad de A Coruña. En propiedad, debería llamarse Universidad de Castro de Elviña. Ésa fue una de las primeras cosas que me enseñaron. Que una cosa era Castro y otra la ciudad. Aquí, donde se anhela siempre el blasón de villa o ciudad, Castro es el único caso conocido donde se reivindicó la condición de ser aldea. Y así se hizo constar en la primera asociación de vecinos. La reunión fue en la taberna de Leonor. El Gobernador, en aquel tiempo en que los gobernadores eran como el ojo panóptico que todo lo vigila, envió a un policía de paisano. No hacía falta que se diese a conocer. Era el único con corbata en varios kilómetros a la redonda. El hombre secreto se sentó y comenzó a tomar nota de cada cosa que se decía. Pero llegó un momento en que dejó de escribir cuando la asamblea acordó por unanimidad constituirse como «aldea» y se descartó la denominación de «barrio». A continuación, intervino una vecina, que advirtió que tenía la cazuela en el fogón, para clamar contra un impuesto vigente por la limpieza de chimeneas. Preguntó: «¿Alguien ha visto alguna vez por aquí a un limpiachimeneas?». No, nadie había visto nunca algo semejante. Y entonces señaló al *secreta:* «¿Y no será ese señor el jefe de los limpiachimeneas?». Vimos en la cara la derrota definitiva del detective. Recogió sus notas y se marchó deprisa, en un coche, no tanto por miedo a que fuese un lugar peligroso sino imaginario.

Nosotros, eso, lo de que estábamos en un lugar imaginario realmente existente, no lo sabíamos al llegar. A primera vista, el territorio nos pareció hostil. Los perros andaban sueltos y trataban de morder nuestras sombras de desconocidos. María y yo no nos atrevíamos a salir del reducto del *ranchito*. Lo único que nos tranquilizó aquella noche fue ver la luz del faro. Estaba más lejos, pero por eso se veía mejor. Su destello circular recorría la oscuridad hasta entrar por nuestra ventana. Al despertar y salir fuera vimos que el monte estaba pintado de colores. Las lavanderas habían tendido la ropa. Y las niñas de los Barreiro, las hijas de Pepe y Maruxa, estaban en la peña del Cuco. Entre otras cosas, supimos que ya estaba al caer el carnaval. Y que en el campo de fútbol, el martes, el gran día, iba a pasar algo que no pasaba en ninguna otra parte del mundo.

—¿Y qué va a pasar?

—Que aquí juegan las mujeres —dijo Beatriz.

Si las mujeres jugaban al fútbol, éste no podía ser el culo del mundo. Lo que sí era cierto era
que el viento daba allí la vuelta. Cómo no iba a dar-
la. Estaba al servicio de las lavanderas.

9. El Hombre del Tiempo

Lo vi cavar dos pozos. Cavaría más por ahí adelante. Pozos de verdad, artesianos, para el suministro de agua. Aunque su trabajo no era el de pocero. Al contrario. El trabajo de albañil de mi padre estaba más relacionado con la elevación que con la profundidad. Pero, cuando era necesario, abría una boca en la tierra. Y se ponía a construir profundidad.

Durante mucho tiempo trabajó con Xosé, un compañero más joven que lo trataba de maestro. Xosé de Vilamouro era muy serio, muy callado, y mientras trabajaba sólo se manifestaba con las onomatopeyas graves y la música experimental de las herramientas en acción. Me llamaba la atención el hábito de dirigirse a mi padre como «maestro», el darle ese trato con naturalidad. Así que allí había un maestro, en el mismo oficio, y eso no significaba una jerarquía sino un respeto. En este caso, el maestro era mi padre. Hay palabras que se posan en la mirada. Podía discutir con mi padre, estar en desacuerdo, enfadarse, pero cuando estaba trabajando, no podía dejar de verlo como a un maestro. El silencio del albañil, como el de otros oficios, tiene que ver con la necesidad de oír el sonido del trabajo. Lo que producen las herramientas en el contacto con el material. Una desarmonía alerta de un fallo en la simetría. Hay que oír el esparavel y la regla cuando se receba una pared. Pero también puede darse, en ocasiones animosas, el proceso contrario. Ahora, Xosé y mi padre están canturreando, silbando, trompeta y saxo, hay un momento en que entra el trombón, y esa música contagia a las herramientas, les incorpora una voluntad de estilo. Tal vez ahí mi padre, que había aprendido solfeo antes que las letras, redobla la cualidad del maestro. Cuando algo en la materia se rebela, cuando la masa desobedece, calla. Indaga, estudia el desacuerdo. Revisa la mezcla. Avanza sobre la falta. No jura. No maldice. Sé lo que va a decir:

—¡Platillo, chaval! ¡Que revienten las maravillas!

Cuando trabajaba cerca de casa, yo le iba a llevar la comida en una pequeña cazuela, de color teja, sujeta la tapa por una tira de goma de neumático. Casi siempre, en la obra, mantenían una hoguera, de la que retiraban las brasas para calentar la cazuela. Ese fuego tenía un olor especial. El fuego de obra huele a obra. Acostumbran a usar trozos de tablas de los encofrados. Con costras de cemento, húmedas. El fuego no simpatiza con ellas. Echa una humareda. Es el papel basto, de estraza, de los sacos de cemento, lo que retiene el fuego, lo que lo obliga a ser, lo que lo aviva. Se levanta y cae, enfurruñado. Es importante la colocación del papel, de las astillas, de las tablas. Una pirámide por donde corra el aire, lo justo. Pero esa reticencia lo va a hacer algo duradero. Es un fuego difícil de matar, aunque le llueva encima. En el tiempo de mucho frío, acostumbraban a hacer una estufa muy primitiva, quemando serrín en un bidón metálico, de los que se utilizaban también para preparar la cal. Me gustaba el olor de las obras. El olor de las materias frías, duras, indóciles. Mientras no se armaba la estructura, se mantenían en el espacio de la obra con una identidad hosca. El montón de arena olía a marisma. En aquel tiempo la traían de las playas y dunas. Había que cribarla. Lo que se filtraba era la arena fina, como harina. Lo que no pasaba la criba eran migas de memoria del mar, las esquirlas de las conchas, púas de erizos, pinzas de cangrejos o nécoras. A la espera, malhumorados, el hierro, la madera, los ladrillos, los bloques, la uralita, las tejas. Por eso era tan importante la hoguera, por ruin que fuese. Era como una señal y también como un perro vagabundo que se arrimaba con lealtad al vacío de la obra. Cuando pasaban dos o tres semanas, ya todo era distinto, ya había otra disposición en los materiales. Un cierto ánimo. Ya los ladrillos pesaban menos. Cantaban las roldanas. El nivel y la plomada legislaban el vacío, la nada.

En la construcción, hay oficios que tienen una cierta leyenda. Por ejemplo, el de pintor. Mi padre distinguía a primera vista quién era carpintero, o electricista, o fontanero. Desde luego, el pintor. Por el peinado, por la camisa, el estilo, sabes quién es el pintor. ¿Y el albañil? El albañil es el que arma todo donde no había nada, el que pone el laurel en lo alto. Hay tejado, hay casa. Pero algo pasa con el albañil.

—Tú hazte pintor. Cantan en la obra. Son buenos compañeros. Llevan camisas que deslumbran.

Xosé reía mucho con lo de las camisas. Quizás ése era el problema de los albañiles. Que no se atrevían con las camisas vistosas. Yo quería ser camionero. Admiraba mucho a un amigo de mi padre, de Palavea. Y también vestía camisas alegres. Pero cuando el camión se averiaba, se quitaba la camisa y se metía con el torso desnudo debajo de la máquina. Y no salía de allí hasta haberlo arreglarlo. Se refería a su camión como a un animal grande, fuerte y bueno, pero algo chalado. Con averías absurdas. En una ocasión, después de horas de búsqueda, salió de debajo del camión, refunfuñando, y me enseñó una bolita de acero. Brillaba al sol. ¿Ves esto? Tenía un diminuto punto negro, como la picadura en el esmalte de un diente. Estaba sudoroso. Tiznado. Miró hacia el morro del camión con desaliento. En la forma de conducirse, cada vez se iban asemejando más el uno al otro.

—¡Se paró por esto! ¿Te parece normal?

La forma de relacionarse con las herramientas. Ése era otro detalle que me llamaba la atención cuando iba a la obra y observaba a Xosé y a mi padre. Había una atención de la que nunca se hurtaban. La jornada sólo terminaba de verdad después de limpiar y lavar las herramientas. Lo hacían de modo meticuloso, que no quedase ni una mota. Las manos se ablandaban, palidecían, se arrugaban como seres sin piel, al tiempo que las herramientas recuperaban un modesto esplendor y yacían colocadas en posición de descanso, en un orden de dormitorio. Hasta mañana.

En algún lugar del cerebro, en el secreto Departamento de Información Esencial, está el día en que mi padre me explicó la función de la plomada y, en especial, de la burbuja de aire en el tubo de agua del nivel. La casa se apoya en esa burbuja de aire, aquí, como la ves. La burbuja ve mejor, mucho mejor, que el ojo. La pequeña burbuja tiene información de las coordenadas terrestres, de los meridianos y paralelos. La burbuja corrige el ojo. No se deja engañar. Siempre es sincera. Tú levantas una pared y te parece que lo estás haciendo de maravilla, pero igual va la burbuja del nivel y te dice que no, que no va al derecho, por más que tú insistas. Y es ella la que tiene razón.

La burbuja del nivel, aquella gota de vacío inteligente, ejerció desde entonces una atracción hipnótica sobre el ojo. Ese reflejo inmediato de mirar el nivel o desnivel de las cosas que nos rodeaban. En realidad, las herramientas fueron los mejores juguetes que tuvimos en la infancia. La idea de hacer una barca no era un propósito imaginario. Podíamos intentarlo, y lo intentamos. Teníamos madera, teníamos herramientas. Y el mar, allá estaba. Fue un despilfarro de puntas de hierro, el primer día, lo que provocó el fracaso. Pero era un problema de finanzas, y no naviero. Si queríamos buscar un tesoro en el Castro, teníamos azadones, picos y palas. Y lo buscamos. No era una farsa. Allí habían aparecido torques y la diadema céltica más hermosa, con sus trisqueles y el broche del pato de oro, ese emigrante entre el más aquí y el más allá. Lo que pasa es que, como bien nos explicó Pepe de Amaro, de regreso de la excavación, derrotados, uno no encuentra tesoros, sino que son los tesoros los que salen al encuentro de uno. Lo cierto es que a los niños de Castro nos gustaban casi tanto las herramientas como el balón. Trabajar, no. Pero sí jugar a trabajar.

El acceso a nuestra casa no era fácil. El suministro de agua era una fuente pública, en territorio de la rectoral, donde también había un lavadero. Pero era un suministro inseguro, dado el carácter del párroco de entonces, algo feudal, por no remontarnos a Antes de Cristo. Había, pues, un problema importante. Mi padre estaba a la búsqueda de un tesoro imprescindible: el agua. La casa estaba en la ladera del monte y él cavó un pozo convencido de que pronto aparecería el manantial. Cavó y cavó. Se encontró con granito y luchó bravamente con la piedra con maza, cuñas de hierro e incluso dinamita. Era increíble. Había agua por todas partes, excepto en aquel pozo. Mientras él exploraba en diferentes puntos de la propiedad, el agua afloraba a veces en el propio suelo de la vivienda, en los rincones, debajo de las camas, con una ironía balbuciente. La casa estaba situada bajo una especie de pasaje atmosférico en el noreste peninsular, por donde entraban las más poderosas formaciones de nubes atlánticas. No es ésta una apreciación subjetiva. Era lo que afirmaba el Hombre del Tiempo, con su vara de mando en la Atmósfera.

La primera vez que me confronté con la figura del Hombre del Tiempo fue cuando se pudo ver la televisión en la taberna de Leonor. Aquel Mariano Medina, así se llamaba, parecía un buen hombre, no lo dudo. Incluso los clientes, que normalmente se desentendían del noticiario, prestaban de repente atención cuando aparecía Medina, con una seriedad acrecentada por los gruesos lentes y la vara de señalar las isobaras. En aquella época los mapas del tiempo no tenían colores. Todo era en blanco y negro. Había una gravedad de carácter en las tormentas. Después de hablar de altas y bajas presiones, el puntero de la vara señalaba de forma invariable, con una terquedad inclemente, a Castro de Elviña, y más en concreto, al tejado de nuestra casa, para anunciar el próximo paso del Ciclón de las Azores. Y el fenómeno atmosférico, con ese nombre de púgil, se presentaba siempre puntual. Descargaba mares de agua que lo inundaban todo, excepto el pozo que cavaba mi padre.

Llegó la primavera. El Hombre del Tiempo retiró su puntero por unos días y apareció un trabajo mejor. Mi padre recibió el encargo de construir otra pequeña casa para unos vecinos, los Baleiro, en este caso una familia que había emigrado al norte de Inglaterra. Volviendo a los trabajos de mi padre, al lado de la emergente casa de los Baleiro trazó una mañana temprano un círculo y se puso a cavar. Primero con un azadón. Era tierra negra, buena tierra que se dejaba trabajar. Luego apareció una capa más complicada, arena barrosa mezclada con piedras. Pegajosa al pico y más pesada para la pala. Era un día de sol y mi padre avanzaba tierra adentro con alegre excitación, consciente de que esta vez no estaba siendo vencido por el vacío. Olía el agua. Oía los murmullos. Al anochecer, en la última luz, el manantial ya lamía las botas. Cuando cayó la noche, salió del pozo, después de un chapotear festivo y anfibio. Tenía aquel pozo, en ese primer día, algo más de dos metros, un poco por encima de su cabeza.

Le dolía la sequía de su pozo. La burla del manantial. Un día trajo a un vidente. Él lo llamó señor zahorí. El viejo parecía muy profesional.

Recorrió el monte con una varita fina que parecía surgir de las manos fibrosas como un extraño undécimo dedo que pudiese enrollarse y desenrollarse. Hubo un momento en que se detuvo. Inclinó la cabeza, como quien escucha el primer lloro del agua, y la vara pareció moverse, a punto de vibrar. Pero todo fue fugaz, como un calambre. Luego repitió la operación con un péndulo, una cadena de la que colgaba una pieza cilíndrica y de punta cónica semejante a una bala de fusil. Nada. No se movió en ninguna parte de la huerta. Quizás dentro de la casa sí que giraría, el cabrón del péndulo. El viejo no quiso cobrar. Era de verdad un señor zahorí. Había una tristeza hídrica en sus ojos. El manantial permanecía mudo, escondido en alguna parte. El rostro de mi padre se tensó aquella noche cuando apareció en el televisor del bar de Leonor el Hombre del Tiempo con su vara infalible. El puntero, otra vez, encima de casa.

10. El tesoro celta y el astronauta

En el paraíso inquieto se vivía al día, pero también en la historia. En el relato escolar, la historia seguía el trazo del vuelo del ave rapaz sobre los corrales de Castro. Se presentaba de repente, no llegada de otro lugar en la tierra, sino de algún bosque enraizado en las nubes. Emprendía entonces el vuelo helicoidal, en sucesión de curvas intencionales, hasta caer con precisión con las garras sobre el objetivo. El presente, ésa era la presa. En los relatos de las voces bajas, por el contrario, el movimiento de la historia se parecía al vuelo del murciélago drogado. Hay un murciélago que todavía vuela en el lado oscuro de la memoria. Alguien lo había traído de un hórreo, donde dormía colgado de la viga el largo sueño del invierno. Lo despertamos. Lo sujetamos por los extremos de las alas. Le pusimos un cigarro en la boca. Aspiraba el humo con la desesperación de un adicto. Luego intentamos que volase, lanzándolo contra la luz de un farol. El murciélago movía las alas con torpeza, se esforzaba por zafarse de aquella pesadilla, pero volvía a caer. En el primer acto de la maldad, encontrábamos algo cómico en su cara, con trazos tan humanos. Hasta que llegamos a sentir el pánico de su mirar ciego. Los animales ayudan a ver. Si hay un volar que ahora me hechiza, con el que me identifico, es el de los murciélagos. Fue un obsequio de la culpa. Esa forma del desarreglo absoluto, los giros imprevistos, la ruptura de perspectivas, el ser visible e invisible a un tiempo. Una ironía total de los sentidos. El presente alucinado.

Frente a la cronología histórica de las lecciones escolares, su avance impertérrito de maquinaria pesada, en los relatos de las voces bajas se sucedían al albur los tiempos y los episodios. En apariencia. Como en el volar del murciélago. Como en una estampa cubista del Carnaval. Cerca de las ruinas del antiguo poblado indígena, y en las mejores tierras del valle de Elviña, expropiadas con intimidación, plantaron una potente industria de productos químicos, la Cross Fertiberia. Pronto enfermaron los árboles frutales y desaparecieron los pájaros que se posaban en ellos. La expedición romana por mar para dominar a los rebeldes ártabros, el primer ataque vikingo en la península del faro, la batalla de Elviña de 1808, la barbarie de 1936, todo era una sucesión de burradas que se enredaban en el tiempo. El gran peñasco donde tenía su puesto de mando y fue malherido sir John Moore tiene de nombre popular la peña de Goliacho. Ana Filgueiras investigó la raíz del nombre de cada rincón de Castro. Preguntó el porqué de Goliacho. Y un viejo le respondió con precisión bíblica: «Eso viene de cuando David venció a Goliacho». Ahora, en el presente alucinado, aparecía la fábrica contaminante. El viento extendía el polen, pero también la peste futurista. Nosotros creíamos en un optimismo del progreso. Al salir de la escuela, al mediodía, veíamos el avión de Madrid que iba a aterrizar muy

92

cerca, en el aeropuerto de Alvedro, y saludábamos con entusiasmo, corriendo con los brazos alzados y saludadores, mientras gritábamos con la esperanza de ser oídos en las alturas: «¡Caramelos, caramelos!». Pero, por lo bajo, lo que algunos viejos nos decían: «Escarabajos. Eso es lo que os van a tirar. ¡Escarabajos!». En verano, bajábamos a veces a la playa de Santa Cristina, una alegre pandilla de niños y niñas cantando *¡El turista un millón novecientos noventa y nueve mil novecientos noventa y nueve!* y el viejo Pego, que cuidaba un menguado rebaño de ovejas deprimidas, murmuraba: «¡Ya llegará el invierno, ya!».

Pero había tesoros todavía. Buscar tesoros en Castro no parecía una tontería ni una locura. Si una anciana nos decía que había una viga de oro desde Os Curutos al Lagar, no era un cuento sino una información confidencial. El caso era encontrarla. En ese monte de Curutos o Castros era donde estaban las ruinas de la ciudad que, según contaban, había resistido a los romanos. El maestro nos dijo un día, con voz grave, que todo lo que éramos se lo debíamos al Imperio Romano. ¿Quiénes serían entonces aquellos antiguos constructores? Tenían una manía circular. Hacían casas circulares con fortalezas circulares. ¿Sabrían hablar? ¿Decían *Boh*? Unas ruinas bastante enteras. La vegetación cubría en densa malla las tres murallas circulares y las callejas laberínticas, con el misterioso aljibe, de la antigua urbe. Entre 1947 y 1952 se habían hecho excavaciones arqueológicas y allí encontraron el tesoro del Castro de Elviña, custodiado ahora en el Museo Arqueológico, en el castillo de San Antón. Seguramente perteneció a una sacerdotisa. Entre las piezas, la diadema con cierre ornitoforme, una maravilla de la orfebrería céltica. Le he hecho algunas visitas a su pato de oro. El ave emigrante. Es curioso. La más hermosa herencia artística de la antigüedad galaica son piezas femeninas, la diadema de Castro y el peine de Caldas de Reis. Cuentan que en las excavaciones se encontraron pocas armas. No sé.

Así que nos poníamos a buscar tesoros. Tranquilamente. Sobre todo en el Castro, pero también en la Casa Vella, lindante con el bosque huraño de A Zapateira, donde se batieron las tropas francesas de Soult y la infantería ligera de los *highlanders* de Moore. Íbamos con herramientas de labranza y cavábamos como el loco de Schliemann a la búsqueda de Troya. Y eso fue lo que encontramos de metal: otras herramientas oxidadas. Hierro que encuentra su espectro. Lo más extraordinario de lo hallado fue un esqueleto de bicicleta, envases de cerveza Estrella de Galicia, e incluso algunos preservativos prehistóricos. Pero el tesoro estaba allí. Sentíamos la presencia del ánade de oro. Sí que lo sentíamos. Eso sí. Lo que sentíamos también era el zumbido permanente, amenazante, de la torre eléctrica de alta tensión que en la posguerra fueron a espetar justo en la *ara solis* del Castro. Éramos niños jugando con herramientas, pero sin saber nada o muy poco de la historia, sabíamos que había algo de fatalidad simbólica, de humillación, en el hecho brutal de clavar la torre en la corona del Castro. Para advertir del peligro, había una señal con la silueta de un hombrecito fulminado y partido en dos por un rayo. Se oía muy fuerte aquel zumbido eléctrico en nuestras cabezas. Cuando se acercaba la tormenta, el sonido se transformaba en un castañeteo de dientes. Desde la historiografía romántica, en Galicia hay un gran desacuerdo, y un debate permanente entre investigadores sobre la presencia o no de una cultura céltica. Ese debate rebrota con frecuencia en páginas especializadas y la red echa chispas. Alguna vez estuve a punto de intervenir, porque tengo una información secreta, procedente de la infancia, que resuelve el enigma. Pero al final no envié el mensaje: «Yo sé cómo acabaron los celtas en Galicia. Murieron electrocutados».

Otro lugar histórico era la Casa Vella o Casa del Francés, las ruinas de un antiguo edificio conventual, muy afectado por la crudeza de la batalla napoleónica, el 16 de enero de 1809. Más o menos por ese día, en el mismo lugar, en nuestro tiempo, se producía el efecto histórico del vuelo del murciélago, con escaramuzas entre los de Chipre-Palavea y los de Castro. Atacaban ellos, que eran más urbanos. Los de Castro tomábamos posiciones defensivas, en las ruinas, como siempre. Había uniformados de indios, vaqueros, romanos, y algún mexicano con sombrero mariachi. Celtas o no, lo que estaba claro es que éramos del Lejano Oeste, también los de Chipre. Un confusionismo histórico con momentos emocionantes, pues podías ver a Jerónimo al frente de los romanos. Y que terminaba, de costumbre, con un partido de fútbol, esa forma de guerra más sofisticada, que exige que las ideas lleguen a los pies.

Uno de los héroes locales era Ramón Tasende, *Moncho*, que llegaría a ser campeón de España de los cinco mil metros lisos, pero que entonces competía también de forma épica en el campo a través. Y antes en el ciclismo. Corría como un etíope. Y de la misma estirpe era su hermana más joven, Maruxa Tasende. Fue una gran atleta, corredora de fondo. Pero la vimos por primera vez en acción en el equipo femenino de fútbol, en el Carnaval. El mundo se ponía del revés ese día. Nunca volví a ver a nadie correr y driblar como ella por la banda izquierda. Y eso que en el Relámpago masculino había una gran escuela de fútbol inteligente y bravo a la vez. Estilistas como Floreal que pasaban el balón colgado de un hilo.

Moncho Tasende no tomaba ni vino ni cerveza, sino refrescos Mirinda o algo así, pero lo asombroso para nosotros era verlo comer auténticas montañas de cacahuetes. Los amontonaba de forma piramidal sobre un barril en la taberna de Leonor. «¡Es por la fibra!», nos explicaba. Y tenía razón. Si de verdad uno fuese un escritor, debería tener ese menú. Lo que quiere la literatura es fibra para correr campo a través. En Castro había que andar ligero para nacer y para morir. Incluso de difunto había que andar, pues el cementerio está lejos, al lado de la iglesia de San Vicenzo. El camino a Elviña era de tierra, por lo menos hasta que el hombre llegó a la Luna, pues justo fue asfaltado la víspera del aterrizaje del Apolo 11 en el verano de 1969. Se hablaba mucho de astronautas y el operario de la pistola de alquitrán, que se desplazaba por Castro con pasos flotantes y sobre la grava con una escafandra blanca, tenía para nosotros un aire de misión espacial de la NASA. Hasta que se quitó el casco de la escafandra. Hacía mucho calor, multiplicado por la exhalación del chapapote. Alguien corrió a ofrecerle agua de un botijo. Tardó en hablar, con un respirar sofocado y las palabras derretidas en los labios. Al fin, nuestro astronauta explicó que lo enviaba la Diputación. Y que el trabajo, para lo que era, no estaba muy bien pagado.

11. El peso del mundo en la cabeza

Lleva un bulto que tiene su tamaño, pero el efecto que produce es el de ser mayor que ese peso que lleva. No es un bulto cualquiera. El atado de la lavandera tiene la forma de una esfera perfecta. Lo apoya en la cabeza. A veces, iban varias, en caravana. Con las mujeres que llevaban en canastas las pirámides cónicas de cien lechugas.

La topografía de los caminos era en gran parte una construcción de las mujeres que llevaban las cosas necesarias en la cabeza. En Castro de Elviña confluían caminos viejos, como el de los Montañeses, que antaño fue camino real, y *corredoiras*, caminos hondos que tenían nombre y ese nombre evocaba una forma de andar. El de la Estadea, o Santa Compaña. El del Trasno, como se llama en gallego al duende. Esos caminos hondos formaban parte de una trama y un urdido, donde la lanzadera del andar tejía lo conocido y lo desconocido, y que te podían comunicar con cualquier parte de Galicia. Además de las rutas principales, en el territorio había un palimpsesto de trazados, de escrituras en la tierra, a veces con deriva críptica, pese a lo cual siempre llevaban a un lugar en espera. Mi madre que me dice: *«Segue o carreiro da Galiña Choca»*. Y existía. La gallina clueca. El *carreiro* o sendero. El nido. O el camino del Molino de Perfecto. Y también existían.

El molino. Y Perfecto. Se dice que la gente en Galicia tiene un especial apego a la propiedad. Pues aún le gustan más los caminos. Abrir pasos.

Mi preferido era el camino ciego. El carril de la Cavaxe. El antiguo camino que venía del valle de Mesoiro y Feans e iba bordeando en círculo las ruinas del Castro. Cada camino tiene su imaginación. Y muere cuando deja de contar historias. Ese camino del que hablo permanecía oculto por la vegetación gran parte del año. Había ido cayendo en desuso. Además, nosotros vivíamos apartados, al otro lado de la aldea. Pero la mirada prendió allí, en la boca donde se reabría, justo después de ceñir la montaña. Un día de invierno, de lluvia inclemente, apareció en la curva la comitiva de un entierro. Ese filmar del camino no era del todo extraño. Mesoiro y Feáns pertenecían a la parroquia de San Vicenzo de Elviña y traían a enterrar sus muertos, muchas veces a pie, kilómetros con la caja sobre los hombros. Pero ese día el camino ciego se abrió para mostrar el andar extremo de la tristeza. Moviéndose en un orden de pesadumbre apiñada, alzados los paraguas negros como escudos alquitranados contra el cielo de plomo, la comitiva fúnebre avanzaba con un ataúd pequeño y blanco. Cuando moría una criatura, era un ángel quien moría. Aquel día, no sé por qué, daba la impresión de que era Dios el que había muerto. Que se había ido achicando, como un eco. Una imagen del más duro desamparo. Pero también aquella invisible dinamo que hacía seguir adelante a la comitiva. Cuando moría una criatura, era un ángel quien moría. También la memoria anda. Y de aquel día, no sé por qué, me quedó la impresión de que era Dios el que había muerto. Que había ido menguando, como un eco. Y que había quedado encogido en un ataúd blanco azulado bajo la tormenta.

Le tenía mucho respeto a aquel camino de la Cavaxe. A su abrir y cerrarse. Se abrió otro día y fue también inquietante la visión de unos jóvenes que venían de lejos, de más allá de Orro, y traían amarrado en palos, a modo de angarillas, un lobo cazado, un espectro de lobo sin lobo, un pellejo al que había abandonado también la muerte. Tal vez era el último lobo de la comarca y ellos hacían el papel de los últimos loberos. Incluso llevaban con desgana la forma de pedir unas monedas.

En el camino de la Cavaxe aparecieron un día los saltimbanquis. Era el tiempo en que venía a la ciudad y atraía multitudes el Circo Price, con Pinito del Oro en el trapecio. Pero por las aldeas y arrabales andaba esta pequeña compañía de atracciones, de la que no recuerdo el nombre, pero a la que llamábamos Los Saltimbanquis, que no es mal nombrar, y que tenía de números principales el Burro Sabio, el Hombre Invencible y las acrobacias de la Chica Voladora. En Castro actuaron dos noches, en la era de Felipe, el labrador que un día nos pagó un duro por ayudar en la malla del trigo y nos lo dio de tal manera, con tanta dignidad, que lo llevamos como una condecoración. Así que es importante dar y más aún el modo en que se da. El caso es que la gente se divirtió mucho con el número del burro inteligente y del hombre forzudo, y otras distracciones, pero nada en comparación con la muchacha acróbata, que pasó a formar parte nada más comparecer con el primer salto, para mí mortal, de la Enigmática Organización de lo Inolvidable. Ser era una niña, pero fue creciendo ante nosotros aquella noche. La vimos crecer. El pelo larguísimo, atado en cola. También eso obedecía a un sentido. El último número precisamente era el de la Chica Voladora. Subió a los hombros del Hombre Invencible, que sujetaba con un arnés una alta plataforma metálica, con un pináculo donde ella amarró la cola del cabello, se dio un impulso y comenzó a girar y a girar en la noche. Sin apoyo, sólo con el amarre de su pelo. En la Enigmática Organización de lo Inolvidable figura una segunda estampa de la Chica Voladora. Es al día siguiente, al lado del río Laranxeiro, el preferido de las lavanderas. La Chica Voladora está en traje de baño. Se lava la cabeza con mucha calma. Se tiende al sol, sobre la hierba. El pelo, reluciente, abarca medio prado. Qué alegría para la hierba.

En el camino de la Cavaxe aparecían los domingos caballos con jinetes vestidos de mariachi. No, no es que saliesen de la televisión o del cine para echarse a los caminos. Tenían mucha fama entonces los grupos de música mexicana. Y bajaban de la montaña gallega, al estilo de Jalisco (Nueva Galicia). Ahora, no. Este que viene no lo hace a caballo. Es un ciclista con la bicicleta al hombro. Siempre admiré mucho a la gente que llevaba la bicicleta y no al revés. En Castro había varios de esos ciclistas que casi nunca vi subir a la bicicleta. Tampoco la empujaban con gasto de fuerza. Apoyaban con delicadeza la mano en el manillar y así se llevaban el uno al otro. Un grado máximo de civilización.

¿Se abre la maleza? ¿Quién viene ahora por el camino? Es otro ciclista. Éste sí que va montado. Sí que pedalea. Es Maxi. Viene con un gran rollo sujeto a la espalda, y un cepillo con mango, como un extraño mástil. Colgado de la guía de la bici, un cubo. Trae los carteles de los cines. Los nuestros, los más próximos, son el cine Portazgo, en la ría del Burgo, y el cine Monelos, a las puertas de la ciudad. Los va a pegar en la cartelera que cuelga del gran muro de la finca de Cardama, donde está la palmera del indiano en la que crían todos los gorriones del valle de Elviña. Siempre hay dos paradas. Para ver el cartel del cine. Es una puerta que se abre en el muro y que me lleva muy lejos, hasta que consigo retornar para ver la palmera. Sólo cuando aparecen los estorninos es posible ver tantos pájaros juntos. La palmera pía, chía, trina. Debe de estar a punto de volverse loca con tantos pájaros en la cabeza.

¿Quién es aquel que viene por el camino en moto? Con casco, parece muy concentrado, el cuerpo en posición dinámica, ajustado a la máquina. Es Rafael de Miguel, el zapatero. Al apearse, se ve que es de baja estatura y algo jorobado. Tampoco había que empezar por ahí el retrato, pero a él le da igual, va repartiendo suerte, no hay más que verlo. Incluso hay gente que le tiene envidia. ¡Qué bien puesto lo lleva todo! Me gusta ir los sábados por la tarde a llevar los zapatos de la familia para reparar en su taller en Elviña. A poder ser, todos los sábados. Es un taller muy pequeño. Llegas, te sientas en una banqueta. Él está enfrente, tras la mesa de trabajo, con su mandil de cuero. La cabeza grande, enorme, de duende reidor. Y toda la bóveda forrada de imágenes de cuerpos desnudos o casi desnudos, fotos, calendarios, carteles, páginas de revistas extranjeras, un *collage* cosmopolita, un infinito y frondoso paisaje erótico.

—Puedes volver por los zapatos más tarde.

—No, no. Prefiero esperar.

Se me iban los ojos a la misma modelo, al mismo calendario. Siguió la dirección de mi mirada.

—¡No pasa un año por ella, eh!

Voy a llegar a la curva del camino que lleva de Elviña a Castro. Después de un largo trecho recto, un giro repentino de noventa grados. Había días en que el viento, a la vuelta de la escuela, no nos dejaba andar. Jugábamos con él y él se encabronaba. Agarrados por los brazos, le hacíamos frente y el viento nos empujaba para atrás como dicen que hacen los maestros canteros para mover las piedras: usando las yemas de los dedos. Un poco más y volaríamos como cometas. ¿Dónde van los niños de Castro? ¡Se los llevó el viento! Aquella curva era el mejor mirador para el camino ciego de la Cavaxe. Y algo de viento iba, porque agitaba la maleza cuando se abrió para lo Inolvidable. Del túnel vegetal salía la Rubia de Vilarrodrís, con su uniforme de capitana.

Habíamos visto ya alguno de los partidos del martes de Carnaval, entre solteras y casadas, pero todas las jugadoras eran del lugar. Jugaban en un campo lindante con la Avenida, tras el bar Parada, que era donde hacía el alto la *Cucaracha* y otros autobuses de viajeros. Era un campo tan modesto, tan pedregoso, que ni siquiera había un árbol para amenazar al árbitro con la horca. El club Relámpago de Elviña decidió hacer un nuevo campo, con vestuarios y todo, y cuando llegó el martes de antruejo se celebró con un encuentro internacional. Y ahí viene la Loura, la Rubia, con su equipo desde la otra comarca, de Arteixo. Monte a través, kilómetros corriendo, con camiseta y pantalón corto. Y al frente, como una modelo del calendario *Pirelli*, como una revolución óptica en aquella época de luto textil, allí estaba la Rubia de Vilarrodrís. Había estado en la emigración en Francia y, de regreso, abrió un bar llamado Odette. Se peinaba al estilo *garçonne*, y andaba con un aire que recordaba a la actriz Brigitte Bardot. Pero todo esto que digo no es por comparar. La Rubia de Vilarrodrís estaba allí. Era verosímil. Tanto que había venido saltando sobre los helechos, para pasar de lo invisible a lo visible en el camino de la Cavaxe. Ahora, en el campo de juego, sabía darle con el empeine al balón y marcó un gol con un tiro parabólico. Y lo que era más difícil todavía, hacerle frente con garbo a aquella multitud enfebrecida, llegada de la ciudad y la comarca, y que emitía arias de bravura cada vez que las mujeres locales o las visitantes tocaban la esfera del mundo.

Ese día del martes de Carnaval siempre había quien represaba los riachuelos para que se secasen los lavaderos y las lavanderas no tuviesen que ir a trabajar y pudiesen participar en el gran partido como jugadoras o animadoras. Se cumplía el sagrado mandamiento del Carnaval: poner el mundo del revés. Lo que pasaba durante el resto del año era justamente lo contrario. Las lavanderas de Castro de Elviña llevaban la esfera encima de la cabeza.

Lavaban para las familias de clase alta coruñesa, o para clínicas, o para fondas y restaurantes. La mayoría de las veces a pie o sobre algún asno, iban y venían con sus enormes lotes apoyados en coronas o rodetes de tela. Y en esa caravana, o por su cuenta, iban también las mujeres campesinas con sus frutos para vender en las plazas de la ciudad. La forma en que llevaban las legumbres y verduras. Una estética desarrollada por la imaginación de la necesidad. Era un álgebra de la tierra: la colocación mantenía vivos los frutos. En el camino solían cruzarse con la pescadera. Casi siempre, cuando llegaba a nuestra casa, ya no le quedaba más que chicharro. Llegué a odiar el jurel. A los niños no les gustan las espinas. Pero hubo un día en que la pescadera, subiendo la cuesta de la peña del Cuco, me pareció el ser más extraordinario de la existencia. Traía una canasta llena de erizos de mar.

Las mujeres iban y venían con el peso encima de la cabeza para tener libres las manos y llevar bolsas y a las criaturas de la mano. Otros pesos. Todo lo que llevaban era necesario. Esencial. Alimentos, agua, leche, leña. La ropa de lavar. Algunas de las lavanderas tenían las manos comidas por la sosa. Su columna vertebral, por los pesos soportados, tenía la forma de una pirámide invertida. Era un trabajo anfibio, siempre en contacto con el agua, con la piedra húmeda, con el frío metido en el cuerpo. Hablando de las visiones de los caminos, ver vi cómo las lavanderas de Castro traían la esfera del mundo en la cabeza. Lo que pasaba el martes de Carnaval es que esas y otras trabajadoras le daban unas patadas al balón planetario. Y las risas libres de aquellas mujeres resuenan por los campos vacíos, corren por la hierba como un triunfo la humanidad.

12. El día que bebimos arco iris

La ciudad poco o nada sabía de Castro. Los de Castro, además de saber de la ciudad, tenían un universo propio. Unos cuantos saberes de más. Por ejemplo, atmosféricos. Desde la infancia había una esmerada educación meteorológica. En los tiempos modernos ubicaron allí la universidad, pero ya existía una escuela popular de Vientos, Tormentas y Nimbos. Una de las primeras cosas que me enseñaron los nuevos compañeros de Castro fue a capturar el arco iris con las manos. Había charcas donde el arco iris posaba con una densidad oleosa su voluntad artística. Podías sentir en las manos el espectro de los colores del cosmos. Podías llevártelos a la boca. Podías lamer, saborear, beber el arco iris.

No era nada casual que el equipo de fútbol, fundado cuando el pueblo birló el balón a las élites y fue capaz de jugar en el fango, llevase, y todavía conserve, el nombre de Relámpago de Elviña. Vistos desde Castro, los rayos eran pesadillas del *mare magnum*, bosques súbitos, incandescentes y feroces, que abarcaban con angustia y rabia el vacío celeste. Había un mirador ideal para ver el cinema del relampagueo. La peña del Cuco, esa roca cercana a casa, en una cuesta muy empinada que llevaba a la Zapateira. Era, algo se contó, un cuco también magno, cincelado por la imaginación del tiempo en el taller de la intemperie. Cualquier escultor pasaría a la historia por una obra así. Tenía esa forma de ave, con sus alas tensas, los ojos de liquen, y el pico enfilado hacia la ciudad, en conexión axial con el faro. Trepábamos hasta sentarnos en el cuello del Cuco y sentíamos la excitación del mar de nubes. Allí estaba el océano, la llamada del Oeste, la Rosa de los Vientos. Años después, y al regreso de la *mili*, me encontré con que el gran pájaro tallado por el viento había sido destruido por la maquinaria pesada. Nunca pensé que me iba a doler tanto la muerte de una piedra.

Desde aquel alto y desde otros puestos de centinelas, veíamos acercarse la tormenta a la península del faro mucho antes de que lo supieran de ella en la propia ciudad. En las temporadas de lluvia, las lavanderas tendían la ropa aprovechando las escampadas. Ese tiempo de luz que va entre aguaceros, como el escape del reloj entre el tic y el tac. Cuando se avistaba el agua por la Torre de Hércules, las lavanderas de Castro sabían que tenían esos cinco minutos de emergencia. Se oía entonces la cadena de voces de alerta. Cubrían y descubrían los tendales del monte y los campos de clareo. La memoria devuelve aquellas imágenes con una intención de activismo artístico. Había en el ciclo de los trabajos, y no sólo en las fiestas, una voluntad de estilo. Incluso en los cultivos de huerta. Las lechugas *atadas* eran la joya del valle de Elviña. Las ataban con tiras de espadaña hasta formar en círculos una pirámide acampanada. Cien lechugas, ni una más ni una menos. Se mantenía así la frescura e incluso hacían que la planta «preñase», que siguiera viva después

110

de cortada. Aquella tierra era muy buena también para la «estrella de los pobres», como llamó Neruda a la cebolla. Todo eso lo veíamos en las cabezas de las mujeres. Todo lo que llevaban eran cosas esenciales. Veo a las mujeres con las herradas del agua. Con los cántaros de leche. Con los haces de hierba. Ya que no puedo hacer otra cosa, me gustaría posar en la canasta o en el cubo de la señora Celia, una de las pescaderas, un verso de Nelly Sachs en sus *Epitafios escritos en el aire:* «Irradiada de peces en glorioso vestido de lágrimas».

En Castro nacieron dos hermanos, Sabela y Francisco Xavier, a quienes siempre llamamos Chave y Paco. Había un día en que mi madre decía: «Siéntate ahí y estira los brazos». Y te sentabas enfrente de ella y tus brazos eran el soporte para desbandar y hacer la madeja con la lana. Desde esa fecha, las horas de silencio pasaban a tener un sonido. Una percusión precisa y laboriosa. Una música textil. La de su calcetar. E iban apareciendo piezas enigmáticas de una menuda anatomía humana. Lo primero, un par de calcetines de lana. Cuando terminaba aquellos calcetines de tamaño muñeca, mi madre estaba transmitiendo un mensaje como si cruzase dos banderas del Código Internacional de Señales: «¡Va a nacer algo nuevo!».

Siempre tuvo mucho cuidado de que llevásemos los pies calientes. Mantenía una lucha sin tregua contra el frío, la humedad y las corrientes de aire. A la infancia siempre se le metió miedo con el lobo y con el Hombre del Saco, pero para mi madre los peores monstruos eran El de las Goteras y El de las Corrientes de Aire. Y los monstruos, pobres, nos querían. Siempre nos acompañaron, visibles o invisibles. Formaban parte del hogar. También formaba parte del hogar el Hombre del Tiempo. Tal vez él no lo sabía. Tendría su vida. Él haría cada día sus mapas. Muy atento a las Azores. Aquí, la Baja Presión. Allí, el Anticiclón. Sin preferencias, supongo. No parecía sectario. No parecía mostrar entusiasmo ni por una cosa ni por la otra. Su vara era la del destino y él le ponía voz. Tenía el aspecto de ser alguien en quien confiar, pero sin influencias. La vara tenía vida propia. Decidía. Apuntaba a nuestros tejados, a nuestras cabezas. Reincidía en Castro de Elviña.

En la casa, antes de imponerse el butano, teníamos una cocina de hierro, la llamada *bilbaína* o *económica*. Allí mi madre organizaba el campamento de secado en el tiempo invernal. Una noche llegó mi padre como procedente de un naufragio. Venía mojado de la obra y acabó empapado hasta los huesos en el viaje de vuelta en la Lambretta. Llegó pálido y enmudecido. Mientras se iba poniendo, sin dejar de tiritar, una muda seca, mi madre tendía sobre la *bilbaína* la ropa mojada y tiesa como un escafandro. Yo estaba también allí por la *bilbaína*, haciendo los deberes escolares en el lugar más cálido. Y fue entonces cuando mi madre hizo un alto en la tarea, se dio cuenta de mi presencia y dijo mirándome fijamente, casi en tono de riña:

—Y tú, cuando crezcas, a ver si buscas un trabajo donde no te mojes.

13. El primer entierro de Franco

El castaño del Souto daba castañas para todo el mundo.

El castaño, cuando era joven, ya lo había pintado Xermán Taibo (A Coruña, 1889-París, 1919), en su paisaje *Souto de Elviña*. Algo especial vería allí aquel genio de la mirada, a quien demasiado pronto, como a todos los pintores de la Generación Doliente, se llevó la de la Guadaña. Taibo fue autor también del más hermoso desnudo de la pintura gallega, el de su amor francés, Simone Nafleux.

Esa maravilla de la creación puede verse en el palacio municipal coruñés. Durante la dictadura franquista, el cuadro de la mujer desnuda estuvo una larga temporada recluido en un sótano municipal y después de volver a la luz todavía pasaba al lado oculto si había un acto público o recepción de autoridades. Durante una visita del arzobispo y cardenal Quiroga Palacios, la autoridad competente decidió cubrir la sensual obra con un panel floreado de claveles blancos y rojos. Pero, en pleno acto, una corriente de aire golpeó una ventana y el temblor hizo caer la tapadera al suelo. Ante los invitados apareció el cuerpo refulgente de la bellísima Simone, con la única túnica de su cabello dorado. Y fue entonces cuando el arzobispo Quiroga, que compartía con su coetáneo Juan XXIII el libre albedrío del humor, exclamó con picardía: «Pero ¿por qué demonios tenían escondida esta divina creación?».

El castaño también era divino. Había otros castaños, pero aquel del Souto, muy cerca de la citania arqueológica, al lado del río del Lagar, era un árbol bíblico y algo comunista, pues multiplicaba las castañas según las necesidades. Sólo había que tener un poco de fe. Había días en que parecía esquilmado, unos lo vareaban y otros trepaban por las ramas como ardillas. Pero si confiabas en él, si tenías paciencia, lo que hacía el castaño era pensar en el número de castañas para tu collar. Nadie se iba de allí sin los frutos con los que hacer un collar el día de Difuntos. No había niño ni niña sin ese rosario ornamental, protector y comestible, en que las cuentas eran castañas cocidas.

Sabían mejor si se hervían con nébeda, una hierba aromática y medicinal que encontrábamos en las cunetas del camino del Escorial. Ése, el de las hierbas y plantas, fue otro saber que no se nos enseñaba en la escuela. Un día mi madre me llevó a hacer la más extraña de las cosechas. A recoger *chorimas*, flores de tojo. Entre espinas, en las zarzas, picábamos moras como los petirrojos. Pero ¿qué sentido tenía recolectar la flor del tojo? Pasarían años hasta saber la leyenda de Bretaña en la que se cuenta que Dios quiso crear la flor más hermosa y fue pintando *chorimas* en una vara, con ese amarillo que después recuperó Van Gogh. El caso es que el Demonio estaba escondido, y cuando Dios acabó la obra y marchó, fue el Enemigo y pintó las espinas. Así nació el tojo como el símbolo de la vida en las voces bajas, en sus coplas y canciones: un blasón de espina y flor.

Allí estábamos en el monte de cosecheros de *chorimas*, llenando con las flores una pequeña bolsa de tela que sostenía mi madre. Su rostro serio, el brillo melancólico de la mirada al arrancar la flor entre las espinas, componían una rara imagen de la esperanza. Y eso lo supimos cuando nos dijo: «Son para la tía Maruxa, que está muy enferma. Las *chorimas* son amargas pero son buenas para el corazón». Yo era feliz en Sada, cuando me dejaban allí, en casa de la tía, una temporada en el verano. Mis primos tenían un mundo de robinsones. Construían balsas en las ciénagas que bordeaban las fábricas de tejas abandonadas. Eran plataformas que flotaban sobre bidones y grandes neumáticos. Las desplazábamos apoyados en pértigas hasta llegar al lugar de la pesca de las anguilas. Las capturábamos sin anzuelo. Con anillos de lombrices ensartadas en el sedal, las anguilas mordían con voracidad y quedaban un tiempo enganchadas. Me impresionaba ver a las anguilas, cuando conseguían escapar, deslizarse por los prados como culebras. Mi primo Xan decía que podían atravesar así Galicia. La tía, en cama, tenía una belleza pálida, que parecía de otro tiempo. Decía: «¡Que vengan esos hombrecitos salvajes a darme un beso!».

En Difuntos, en Castro, se hacían calaveras vaciando las calabazas. Por la noche, en los rincones y caminos más oscuros, alumbraban con velas dentro. Al principio, daba miedo esa costumbre, que parecía propia de un lugar macabro. Pero era todo lo contrario. Un juego de adiestramiento que implicaba al pasado y al porvenir. Pasear y correr por los límites del Más Allá. Compartir la parroquia de los vivos y los muertos. En la parroquia de San Vicenzo ejerció de enterrador, ya a finales del siglo XX, un hombre excepcional. Era vecino de Castro, conocido como Antonio O Chibirico. Nuestro enterrador era el mejor animador de las fiestas y un excelente lanzador de bombas de palenque. Un gran bailarín, además. Una persona divertida y ocurrente, de una imaginación y un habla de otros tiempos, no siempre comprendidas. A veces se acercaba a la puerta de las tabernas y gritaba hacia dentro a los clientes: «¡Hay que ir muriendo! No dais un duro a ganar».

Lo normal no es ser «normal». Lo normal es ser diferente. Y eso es lo que va contando la vida cuando recuerda. He ahí Farruco con todos los pares de zapatos de su vida. No era rico. Trabajaba de peón. Pero guardaba todo. Reciclaba todo. Si Castro estaba como una patena era porque por allí pasaba Farruco. Había ido construyendo una arquitectura alternativa. Arquitectura de chabolas. Él murió, pero todavía se conserva parte, por lo bien hecha que estaba, y pintada con la pintura naval de los botes inacabados que él aprovechaba. Así, las chabolas tenían una estética de arcas varadas en el monte. Aunque, para mí, el gran espectáculo era ese de ver la hilera de zapatos, desde la infancia a la vejez, y cómo iba limpiando par a par. Allí estaban las suelas y los tacones de los años de la vida, como los anillos en el tronco del castaño del Souto.

Además de las calaveras hechas con calabazas, en Difuntos, por las casas, nos regalaban castañas y dulces. Cuando años después, por la publicidad comercial, se importó la fiesta de Halloween, mucho me acordé del castaño del Souto, y de Antonio, el enterrador y cohetero, y también de las comparsas de Carnaval. La de Elviña, Os Rexumeiros (Los Criticones). La de Castro, Os Calaveras. A veces se unían sobre la marcha y resultaban Os Calaveras Rexumeiros. El Mariñán elaboraba un magnífico Entroido, un Meco que había que enterrar. Un muñeco muy bien dotado de herramienta. Un pene descomunal. En ocasiones, de madera. Otras, un nabo auténtico, sacado de la tierra. En una ocasión le pusieron al muñeco unas fotos del tirano y fue por la *Guardia Mora* montada en burro. Iba delante de la comitiva el cura con incensario, que era el libertario Pepe de Amaro, si no me equivoco. También O Pagano hacía con buen estilo el oficio de divino ministro provisional. La viuda, por supuesto, era un hombre, como todas las plañideras. Entre llantos, soltaban la letanía surrealista:

E seculé, e seculé,
a carne de porco touciño é!

Fueron a arrojarlo, al Meco tirano, al gran puerco, al río Monelos.

No le hicieron mal a nadie. Pero los déspotas no tienen sentido ninguno del humor. Detuvieron a la gente de las comparsas. Los maltrataron. Algunos, encerrados durante meses. La Cuaresma llegaba con miedo. Y no lo metían ni las calaveras ni los difuntos.

14. El maestro y el boxeador

Rondaríamos los dos los seis años. Era mi primer día en la escuela y me salió él al paso. Antonio, llamado O Roxo. Con razón. Me fijé en el color incendiado del cabello. De inmediato los otros niños hicieron un círculo alrededor de nosotros. Sí, iba a ser el primer día y el primer combate. Nos tocó a nosotros. Un mayor puso un palo en el hombro de Antonio y después me azuzó: «¡A ver si eres lo bastante hombre para quitárselo!».

No recuerdo tener en ese momento especial interés en demostrar que era hombre. A la vista de la situación, seguramente no me habría importado pasar por cualquier otro ser más modesto. Pero también ya sabía que había momentos en los que el destino estaba escrito. No me hizo falta moverme. Un empujón me echó contra él, así que el palo cayó, y nosotros también, luchando, arrastrados por una fatal ley de la gravedad. Después fuimos muy amigos. Recuerdo que un día, yendo solos para la escuela, Antonio me informó muy contento: «Mañana marcho para Inglaterra».

Y añadió: «¡Y tú te quedas aquí!».

No lo dijo con mala intención, sino como un enunciado científico. Tenía razón. Pero me dejó afectado. Cada poco tiempo emigraba alguien. ¿Por qué marchar así, uno por uno, y no irnos todos juntos?

En la emigración, se habla siempre de la morriña o saudade del que marcha a otra tierra y no de quien se queda. En quien se iba, había tristeza, pero también esperanza. La tristeza desabastecida era la de quien no marchaba. En aquel tiempo, ya toda la emigración era a Europa, en especial a Alemania, Inglaterra, Suiza y Francia. Pero en Castro, como en el resto de Galicia, y mucho antes que Marshall McLuhan, ya habían descubierto la teoría y la práctica de la *aldea global*. Muchas veces para huir del medio hostil y asfixiante del caciquismo, como reflejaba aquella copla que rescató Xurxo Souto y se cantaba cuando desatracaban los grandes transatlánticos rumbo a América: «¡Ahí os quedáis, ahí os quedáis, / con curas, frailes y militares!».

Castro era pequeño, pero era un mapamundi. Si preguntabas, aparecían noticias de vecinos en República Dominicana, Cuba, Uruguay, Venezuela, California... Nombres legendarios para la aldea: Ventura, Cardama, O Trust, A Manca, Enrique de Bras, Evaristo da Ponte, Manolo O de África, Manolo Martín... Pero en nuestra infancia, la mayor parte tenía destino europeo. Y si la partida era triste, la vuelta de «la maleta del emigrante» era una fiesta para compartir. Era un arca en la que venían las maravillosas novedades. Para nosotros, no sólo juguetes aquí inalcanzables, sino también, en la adolescencia, el contrabando del deseo: los discos, las revistas con desnudos, las prendas atrevidas, la ropa de moda.

La primera televisión que vimos, y antes de la de la taberna de Leonor, fue la que trajeron Rigal y Sara cuando volvieron de Alemania. Habían sido de los primeros en emigrar a ese país, y volvieron a principios de los sesenta. Cuando Rigal se puso a instalar el televisor, la casa estaba tomada por la vecindad. En la pantalla había muchas intermitencias, pero no importaba. Al lado del aparato estaba María Vitoria, la hija de Rigal y Sara. ¡También ella había venido de Alemania! Rubia, con trenzas, alta, de mirada misteriosa. Tal vez los misteriosos éramos nosotros, que no le quitábamos ojo. Pero ¿para qué mirar al televisor si estaba allí María Vitoria?

En Castro, el primer maestro que tuve se llamaba don Bartolo. Todo el mundo allí tenía un alias (el mío era el de *Cabezón*) y él también: *Cabalo Branco*. Fue también lo primero que aprendí, lo del caballo blanco, antes de entrar en el aula. La escuela pública se llamaba El Catecismo, lo que da muestra de la precisión irónica de los vecinos a la hora de nombrar. El maestro era un hombre de complexión fuerte y que proyectaba una sombra de doctrina y miedo. En la pared del fondo, detrás de la mesa del maestro, la escuela estaba presidida por un crucifijo y por un gran retrato de Franco, con una capa de cuello de piel de armiño y fusta de jinete. Allí permanecían colgados, pero en condiciones bien diferentes, uno y otro. Jesús, en la cruz, desnudo, clavado de pies y manos, con la corona de espinas y la sangre cuajada en la cabeza y en el costado. Y Franco de emperador, mirar altivo, por encima de su estatura, con ese poder presencial que da el ir bien abrigado. Dos años con la misma escenografía de frente son muchos años. Los ojos envían información y luego la mente trabaja por su cuenta. Lo que allí veías era el Caudillo que mandaba sobre todo y sobre todos y aquel Rey de Reyes desvalido, abandonado, que había sido torturado antes de morir. El Cristo estaba un poco más alto, la cabeza caída hacia la derecha. La mirada del crucificado delataba al de la fusta. Algo tendría que ver con el asunto.

En la escuela se le daba mucha importancia a la llamada Formación del Espíritu Nacional. Él era un hombre muy convencido de lo que decía. No podía ser de otro modo, pues a veces nos sacaba al patio, nos hacía formar armados con palos, y dirigía con voz marcial maniobras para enfrentarnos al enemigo. Existía el enemigo, existía la anti-España. No sabíamos muy bien cómo era, qué aspecto tenía, pero existía y él le ponía nombres: Las Hordas Rojas, La Conspiración Judeo-Masónica, La Pérfida Albión. Eran nombres que parecían evocar los de las cuadrillas juveniles que empezaban a actuar por los barrios de las *casas baratas*. En todo caso, para nosotros era un divertimiento. El reptar por el suelo, camuflados en la hierba, obedeciendo de forma festiva las órdenes de disparar a todo lo que se movía, cuervos, ovejas o al avión a reacción que dejaba dos estelas paralelas en el cielo, alcanzado por nuestro fuego antiaéreo. Tal vez nuestro jefe y maestro padecía la melancolía de Marte. Jugábamos a la guerra en un lugar que había sido campo bélico. El escenario de la batalla de Elviña. Una de nuestras fortalezas era justamente el gran peñasco, el del Goliacho, donde la artillería napoleónica hirió de muerte a John Moore. Morir murieron a miles, pero la gente hablaba con cierta familiaridad del joven militar romántico, a la manera de un héroe local. Al fin y al cabo, se había jugado la cabeza allí, en nuestro principal peñasco. Mientras trabajaba la tierra, mi padre había encontrado un botón de una guerrera donde se podía leer: *Liberté, Égalité, Fraternité.* Eso me acercó un poco al lado francés. Es el hechizo del azar. En la roca en la que abatieron a Moore había un escondite, con una protección natural de laureles. Allí fumamos los primeros cigarros, que nos vendían sueltos a la salida del cine Monelos. Allí temblaríamos en otra guerra. La de los primeros abrazos. Los amores furtivos.

El maestro tenía una vara que utilizaba como indicador en el encerado o en los mapas. Pero a veces, cuando el hombre se entusiasmaba de cólera, el palo se convertía en un arma primitiva y terrible. Un día se encarnizó con uno de los alumnos, un chaval, Rafa, algo más joven que yo. De repente, el muchacho se revolvió con dolor y rabia, soltó un grito estremecedor y salió huyendo de clase. El maestro blandió la vara de mando y ordenó: «¡A por él! Captúrenlo y tráiganmelo aquí!».

Salimos todos como una jauría detrás de Rafa. Él era como una liebre. Pero nosotros corríamos fieros y con mucha intención detrás de él. Comprendí ese día que uno de los mayores placeres del ser humano es la cacería del humano. Pero ocurrió un imprevisto. Cuando ya estábamos alejados de la escuela, fuera de la vista del maestro, del grupo perseguidor salió un disidente que nos hizo parar con un gesto enérgico. El que extendía los brazos era Juan, el más gigantón de la escuela. Se había roto una pierna al saltar un muro. Estuvo en el hospital y cuando regresó era así, el doble de grande que antes. Se comentó que habían probado con él por vez primera un complejo vitamínico contra la anemia. Todos queríamos que se nos rompiese una pierna y que nos diesen aquella pócima extraordinaria. Pero Juan no empleaba la fuerza para abusar. Ahora su puño iba moviéndose en panorámica a la altura de nuestros ojos. Y fue Juan y pronunció en voz alta una contundente enmienda a los hechos tal como se habían venido produciendo: «¡El que le toque al chaval, se lleva una hostia que queda espetado para siempre en la puerta del infierno!». Algo así. Una boca bíblica. Y un puño también bíblico. La sensación de encontrarse, en cuerpo y alma, ante el principio de los principios. El negarse a la injusticia.

El maestro de Elviña adoraba a aquel boxeador negro, Cassius Clay. Más tarde se haría llamar Muhammad Ali para borrar el rastro de la esclavitud. Estudiábamos la lista de los Reyes Godos, y las gestas de los grandes conquistadores de América, pero el rey, en aquella escuela y mediados los años sesenta, era Cassius Clay. Todo por el maestro. Para estar de pie o andar precisaba muletas. Tenía las piernas cortas y torcidas. Una enfermedad de la infancia, decían. Por lo demás, era un hombre robusto, con el cuello de un toro. Sentado en la silla, tras la mesa, su cabeza prominente, lisa, como bañada en barniz, y la mirada de grafito, oscura y brillante, hacían de él una especie de ídolo hipnótico y temido. Incluso la esfera terrestre, estuviese apoyada en su escritorio o encima del armario, semejaba un pequeño satélite orbitando en torno a aquel astro humano. Cuando se ponía en movimiento, esa parte motriz, la enérgica cabeza, no sólo llevaba en vilo la parte inmóvil de su cuerpo sino que parecía arrastrar el destino entero. Tenía el infortunio añadido de vivir en un segundo piso, en una vivienda próxima a la escuela, lo que lo obligaba a subir y bajar todos los días unos veinte peldaños. Lo hacía solo, apoyado en aquellas palancas. Era su combate. Una lucha de la que éramos testigos cada mañana sus alumnos, el cómo bajaba, retorciéndose, resistiendo los desacuerdos del cuerpo en el espacio letal de la escalera.

Don Antonio era un hombre rápido, de mucha agilidad mental, y con una mirada que abarcaba lo invisible. Desde su perspectiva panóptica, podía ver el aula del derecho y del revés. No sólo te leía el pensamiento. Notabas la trepanación, cómo lo extraía y luego lo desmenuzaba sobre su mesa. ¿Por qué no llamaba desde la escalera?, ¿por qué no permitía que nadie le ayudase? Nos echaba una ojeada desde el descansillo, y nosotros lo seguíamos de refilón, con disimulo. La visión de su lento descenso era la imagen de una historia dolorida y de un saber dañado. Aquel trabajoso tránsito iba tomando la forma de un rito patibulario. Nadie se extrañaría si un día se abriese una trampa en las escaleras y desapareciese el maestro.

En clase, era eficaz y duro. Incluso podía llegar a ser cruel en el castigo corporal, cuando se accionaba el brazo robusto y la vara adquiría una existencia autónoma, escindida del brillante cerebro. Lo estoy viendo, o eso creo ver. La mirada perpleja del maestro, la forma en que analiza su propio brazo, después de haber pegado con fuerza a un alumno. Eso pasaba en especial en el aprendizaje del Catecismo, el sábado por la mañana. No había otra alternativa que la respuesta literal a cada pregunta. Por alguna razón, estaba siempre tenso ese día. Teníamos que llevarlo memorizado, él no explicaba nada. Y no había contemplación para los errores. Ni aunque fuese el episodio de la burra de Balaam. Eran herramientas de trabajo, la vara o la regla. No estaban allí por estar. El primer día de clase, había algún chaval que llegaba con la vara para entregársela al maestro, por mandato paterno. Tanto don Bartolo como don Antonio la usaban sin muchas contemplaciones. No era un asunto del que se hablase fuera del aula. El castigo físico formaba parte del régimen escolar. Don Antonio gozaba de buena fama. Era competente. El que mejor enseñaba. Eso sí, tenía una cuestión pendiente con las mujeres. No con una o con dos. Por lo que parecía, con todas. El mayor castigo verbal para un alumno era llamarlo «mujercita». Cuando llegaba a ese límite, el tono de su voz picaba como un aguijón.

—¡Mujercita! ¡Pareces una mujercita!

Todo en él se transformaba, el habla y el cuerpo, cuando se anunciaba la transmisión de otro gran combate para el campeonato mundial de los pesos pesados. Ese día trasladaba el aula al bar O da Castela, donde estaba el único televisor. Por lo que sé, una decisión insólita y única en España y tal vez en el orbe, la de llevar a los alumnos al boxeo. Cassius Clay contra Joe Frazier. Toda la clase en marcha. Y al frente, volando con las muletas, un cuerpo en bruscas y rápidas pinceladas, hacia el ring, embistiendo contra el mundo, el maestro.

15. Nunca seréis abandonados

Dormíamos en camas de levante. Así, durante el día, el cuarto se convertía en sala de estar. Desde esa ventana, se podía ver la ciudad como un gran barco de luces, con la luz amiga del faro, la que proclamaba: «¡Nunca seréis abandonados!». En ese Oeste había otros resplandores de miedo. Los de los quemadores y chimeneas de la refinería de petróleo de Bens, con la forma de gigantescos lanzallamas, que componían una estampa apocalíptica en la noche, pues justo era el punto donde se ponía el sol. Del otro lado de la casa, donde estaba la puerta de entrada, sólo había monte. Una montaña con una doble personalidad. Por el día, el bosque infinito, la llamada fraga o bosque del Crego, era una tierra incógnita para explorar, el lugar de la aventura. Por la noche, un averno hostil, el lugar de la pérdida, donde zumbaba el malhumor del mundo.

Mi padre nos echó una noche de casa a María y a mí. Tendríamos alrededor de nueve años. En aquel tiempo peleábamos mucho, como perro y gata. No eran de pegar. Ni él ni mi madre. Él se acostaba temprano. Por dos razones. Porque a las seis estaba en pie, camino de la obra. Y porque no quería darle de ganancia «ni un céntimo de más» a la compañía de electricidad. No era de la Virgen del Puño. Pero tenía un litigio personal con algunos grandes poderes que gobernaban este mundo, fuesen el Vaticano o las Fuerzas Eléctricas del Noroeste. Tenía esa intuición. Si siguiésemos su ejemplo, no habría crisis energética ni padeceríamos el cambio climático. Nunca cedió en esa militancia contra el imperio eléctrico. Incluso en la vejez, cuando se instaló la calefacción en casa, él iba detrás, silencioso, desconectando radiadores. Cuando alguien se quejaba de la temperatura, él callaba como el agente de una red secreta de la Desconexión. Pero en aquella edad en que nos pusimos a leer como locos, esperábamos con alarma la aparición nocturna del apagador. No lo hacía con alarde. Era una acción más bien furtiva, no lo haría por gusto, pero el combate era el combate. Esperábamos un rato. Hasta que en el cuarto de matrimonio se oía el resoplar del sueño. Y encendíamos la luz. Unos traidores.

Pero no fue por eso, por la luz, por lo que nos echó esa noche de casa. Tenía razón. Quería dormir y nosotros seguíamos la disputa. Ese asunto tan terrible que en un minuto puede llevarte a odiar a quien quieres, y luego no sabes qué sucedió realmente, qué se activó en la cámara oscura. El caso es que peleábamos furiosos, hasta que él se levantó, nos llevó del brazo, abrió la puerta y nos dejó bajo las estrellas, en la frontera de aquel lugar del miedo, del bosque del Crego. Oímos tras nosotros, con estupor, el engranaje de la cerradura. Un minuto antes nos odiábamos, estábamos a punto de arañarnos y sacarnos los ojos. Y ahora, de repente, los dos enemigos se encontraban solos en el universo. Expulsados del hogar. Y como es sabido, no hay miedo más grande que el miedo al abandono.

Estábamos solos en la noche, atentos a los ruidos interiores de la casa, aquella nuestra casa solitaria que resistía las tempestades. Cómo me emocioné con Henri Bosco, cuando leí lo que escribía de su hogar: «¡La casa luchaba bravamente!». La verdad es que pronto dejamos de sentir el síndrome de Hansel y Gretel. Habíamos olvidado la causa de la pelea. Nos dimos la mano. Estábamos más unidos que nunca, ¿o no? Nos juramos que jamás habría guerra entre nosotros. Y funcionó el esconjuro. Del terrible desasosiego pasamos a una cierta calma y luego a una excitante alegría. Si la puerta patriarcal permanecía cerrada, ¿dónde iríamos a encontrar refugio?

Estaban los tíos. Se habla mucho ahora del genoma. De las semejanzas y diferencias entre humanos y otros animales próximos como los chimpancés, los bonobos o los orangutanes. No es cierto que ellos no tengan lenguaje, ni que no utilicen útiles como herramientas. Como bien explica el genial uruguayo Casacuberta, somos casi iguales en todo. ¿Cuál es la principal diferencia? ¡Los humanos tenemos tíos y tías!

Y allí estábamos María y yo felices, repasando la maravillosa lista. Gaiteira, Birloque, Anceis, Sada, Sergude, la barbería calle Bizkaia, la taberna de Almeiras... Incluso en Sevilla teníamos un tío, Benito, por cierto, cobrador de la luz. Pensaba que Benito se había ido andando de joven desde Corpo Santo a Sevilla, porque siempre oía hablar del andar de Benito. Recorría las calles de Sevilla andando, de portal en portal, de contador en contador, y en el verano el suelo era de brasas que quemaban los pies.

En mi imaginación, Benito iba por las aceras ardientes con la paciencia de un faquir empleado de la compañía de electricidad que tiene que cobrar los kilovatios. Y entonces la madre de Carmina aparecía en la historia e invitaba a pasar al patio a aquel buen mozo gallego, tan educado, con voz de tenor, para que descansase un poco en la sombra y tomara una limonada. Y fue así que se conocieron y casaron Benito y Carmina. Gracias a la electricidad. Al margen de su opinión sobre los márgenes de explotación del sector eléctrico, mi padre, como todos en la familia, tenía mucho aprecio por Benito. Ya mayor, mi padre fue a examinarse para obtener el certificado de Estudios Primarios. Estudió mucho, con mi hermana Sabela, que era maestra de escuela. Lo hizo bien todo, pero cuando le preguntaron nombres de parásitos quedó en silencio. No quería manifestar lo que realmente pensaba. Ante la insistencia de la examinadora, dijo un nombre de parásito que no tenía que ver con los ricos y los políticos: la tortuga. Estaba muy satisfecho de haber metido allí aquella ironía. Y también le gustó a la examinadora. El siguiente ejercicio fue escribir una redacción.

¿Tema? «Mis vacaciones.»

Mi padre dejó el bolígrafo, se levantó de la mesa y fue sin más hacia la puerta de salida. La profesora lo llamó para pedirle alguna explicación. ¿Por qué abandonar ahora? Y él respondió: «Nunca fui de vacaciones». Se quedó pensativa. Le dijo: «Siéntese. Escriba de lo que quiera». Mi padre escribió la aventura del tío Benito, esa leyenda de que había ido andando de Corpo Santo al puente de

Triana. Describió aquella fascinante ciudad donde los cobradores de la luz conocían a mujeres luminosas en un patio de sombra. Incluso se llegaban a casar y eran felices. Y añadió: «Me gustó mucho Sevilla, sí señor». Pero nunca fue. No le gustaban los viajes, y cada vez menos. En los últimos años de trabajo, se levantaba de madrugada, con dos o tres horas de antelación, y conducía el Renault-4 blanco, su *Cuatro Latas*, para no tener que cruzarse con ningún otro coche.

Teníamos muchos sitios donde ir. Tíos y tías formaban una república. Estaba Pepita, en A Gaiteira, que siempre fue una creadora de armonía. En el Birloque, Felícitas, pero también la tía Amparo, que tenía el taller de costura. A mí me gustaba mucho ir allí. Siempre me sentí bien en peluquerías y talleres de costura. En el de Amparo trabajarían media docena de chicas, que acompasaban sus bromas e ironías con el pedal de las máquinas de coser. De repente, las máquinas quedaban en suspenso. La voz de Juana Guinzo o Matilde Conesa, en los dramas radiofónicos de Guillermo Sautier Casaseca. Aquello sí que era llegar al corazón de la gente. ¡Estaba el derecho a parar la marcha de la Singer por pura emoción! Un hombre, un hombrecito, se sentía allí un figurín. Algunas de aquellas chicas serían lectoras de Corín Tellado. El equivalente para los hombres eran las novelas del Oeste. A mí, en este episodio, todavía me faltaban unas pulgadas. Andaba por las viñetas *El Capitán Trueno* o *El Jabato*. Lo que había cambiado casi todo, cuando me operaron de amígdalas, había sido la lectura de *El último mohicano*, de Fenimore Cooper, en una edición ilustrada de Bruguera. Ya tenía un héroe que me parecía propio, Uncas, con su tortuga tatuada y un carácter algo retorcido. Cuando crecí unas pulgadas, en el verano anterior al ingreso en el instituto, me pegué una sobredosis de Lejano Oeste. Una especie de adiestramiento. Mi amigo de Castro, Manolo de Hilario, era un buen consejero y suministrador. Hoy es lector de la mejor literatura. Yo lo admiro también porque es un especialista en el montaje de grandes grúas. Las grúas, las grandes grúas, junto con los barcos y las escaleras, son la más fascinante arquitectura humana. También los caminos de hierro, el ferrocarril. Y ahí estábamos, hacia el Far-West. La mayoría de las novelas iban firmadas por Marcial Lafuente Estefanía, pero él recomendaba otros autores como Keith Luger o Silver Kane. El estilo era diferente. Hoy, de vez en cuando, todavía hay debates muy serios entre escritores muy serios que debaten si existe o no el estilo o lo que el estilo es. Eso pasa por no haber leído a tiempo novelas del Oeste. En los días más calurosos del verano, cuando los relojes se derretían, Manolo de Hilario y yo éramos capaces de leer cinco novelas seguidas y juro que el estilo de cada autor saltaba a la vista. Los rostros lo reflejaban como un espejo. Estaba por ejemplo, en el lector, la sonrisa Silver Kane. El trazo oblicuo de la ironía en la boca. La electricidad de la tensión erótica en el brillo de los ojos. Sí, el lenguaje de la heterodoxia Far-West, cuando alcanzaba esa mezcla de sorna y picardía, resultaba muy cercano. Uno de nuestros héroes locales era Juan *Juanilla*, hijo de Corazón. Emigrante en Alemania, cuando volvía del frío iba vestido como un jugador de naipes del vapor de rueda del Mississippi. Tenía ese estilo. Había gente que venía de lejos para verlo jugar al tute en la taberna. No sólo por la habilidad con las cartas. Para cada baza, la frase precisa. El puño que golpea la mesa. Ahí va: «¡Desde que se inventó la pólvora, se acabaron los hombres!».

Se decía que la gente no leía ni un libro al año, pero nunca se contaba el libro de cordel. Ese que valía un duro y que incluso se podía alquilar en el quiosco. Las chicas, y no tan chicas, leían a Corín Tellado. En realidad, leían más que nosotros. Y más *vanguardia*. En las peluquerías femeninas había revistas de corazón y fotonovelas. Y en los talleres de costura, las revistas de moda eran una fiesta para los ojos y la imaginación en aquel tiempo tan gris. Aquellas modelos que parecían androides de ciencia ficción, con sus peinados y vestimentas osados, daban que hablar y provocaban risa o escándalo. Pero también obligaban, de alguna forma, a pronunciarse. Se medía la liberalidad por centímetros. Y al poco tiempo, menos del que se pensaba, aparecería una chica con aquel peinado, con aquel vestido. Y ella sola, caminando por la carretera de Elviña a Castro, cambiaba la realidad. Las novelas del Oeste se leían a todas las edades. Muchos años después, en los noventa, me reencontré con Silver Kane. Estábamos en el mar de Irlanda, habíamos llegado al paralelo 54, allá por Blackrock, y lo leían en las literas los marineros de hierro, auténticos *cowboys* en una frontera de tempestad incesante. Amarrados para no ser zarandeados por el mar, leían con el mismo gesto que nosotros de chicos. La sonrisa oblicua. Alguien que lee en voz alta lo que dice la rica heredera del rancho encarando al tipo que se le resiste: «Oye, vaquero, estoy buscando un hombre de verdad. ¿Has visto alguno por aquí?». Escuchad. Boquete de Catoira responde como un clásico: «Había uno, nena; ahora, contigo, ya somos dos».

Aquel verano de inmersión en la literatura Far-West, ¿por dónde andaría María? Ella sí que estaba en la frontera. Nosotros éramos rostros pálidos, ella una piel roja. Por casa comenzaron a rondar por la noche algunos libros muy diferentes, de aspecto vagabundo. Mi madre abrió un día uno de esos visitantes desconocidos, *Rayuela* de Julio Cortázar, y estuvo unos días en compañía de la Maga y de Horacio Oliveira. Abrió otro, lo estoy viendo, de Henry Miller, algo leyó que le impresionó, y miró a María: «¡Vas demasiado deprisa!». Ella creía en el poder de los libros. Los quería y los temía. Había leído muchas vidas de santos.

Mi padre oyó que hablábamos con mucha animación en medio de la desventura. Al estilo tío Francisco. Y entonces abrió la puerta y nos mandó entrar y acostarnos. Sin más. No volvimos a pelearnos de esa forma María y yo. Y aquella noche todavía encendimos la luz para leer, justo cuando mi padre cayó rendido en su camino a Sevilla.

16. La foto de familia

En el álbum sólo existe una foto de familia. La única en la que estamos los seis, mis padres con sus cuatro hijos, las dos chicas y los dos varones. Todos estamos serios. En ellos hay, además, una expresión de desconfianza. La cámara registró ese recelo sin disimulo. Todavía hoy se percibe en esa fotografía una vibración de impaciente hostilidad. Era, por decirlo así, una foto oficial. Una foto de Familia Numerosa. La necesitábamos mi hermana mayor y yo para solicitar becas de estudio universitario. Recuerdo bien el día. Llovía. Mi padre había hecho una escapada del trabajo y tenía prisa. Se alisó el cabello con las manos, hacia atrás. Es la única foto que tenemos juntos, ya lo dije. Solos y juntos. Hay otras, no muchas, en las que se nos puede distinguir a los seis, pero dispersos en algún grupo mayor, reunido por alguna celebración. Aquélla es la única foto familiar, sí. Sin embargo, no fue la primera.

La primera foto nos la habían tomado años antes. Una mañana de domingo, en verano. En los jardines del Relleno, justo al lado de la escultura dedicada a Concepción Arenal. Un escenario difícil de olvidar, pues el lugar monumental consistía en un estanque con peces de colores, cercado por gruesas cadenas y con el poder presencial de una gran águila de hierro. Es un día festivo. Muy luminoso. Tiene que haber música y sabores, pero no toman forma en el recuerdo. La luz, sí. Todo el mundo lleva algo de luz este domingo. Mi madre, por ejemplo, un pequeño sombrero con vuelo de tul. Es ella la que toma la iniciativa cuando aparece el fotógrafo. Sí, vamos a hacernos una fotografía. Por fin. Mi madre nos convoca. Nos urge a posar. Es una vergüenza no tener un retrato de toda la familia. Así que no sólo es un acto de felicidad, sino de responsabilidad. Una cuenta pendiente con el destino. Nos coloca. Mira de refilón. El último toque. Ahora, sí. Atención.

Inmóviles, todos miramos al fotógrafo. Es un hombre grueso. Casi tan ancho como alto. Se pasa un pañuelo por la frente resinosa. Parece luchar a la vez con su cuerpo y con su vestimenta. Un traje desafecto, demasiado corto o largo, no se sabe. Forcejea con el nudo de la corbata. Por fin se dispone a disparar. Lleva el visor al ojo. Adelanta el pie derecho. Se inclina levemente. Esa posición le devuelve una cierta simetría al personaje. Sonrían, dice, ¡esto no es un entierro!

Anota su dirección en un pequeño bloc. Ahora parece más alto. Mi madre busca el monedero en el bolso. Luego lo abre y extrae el dinero. Son dos operaciones laboriosas, semisecretas. Mi padre permanece distante, con las manos en los bolsillos. Es domingo. La foto estará disponible el martes por la tarde, con seguridad. Así que estamos en la tarde del martes y acompañamos a mi madre. No, mi padre no va en la comitiva. La dirección es por la zona del mercado de Santa Lucía. Llegamos a un callejón. Mi madre comprueba el número en el papel y golpea la puerta. No hay respuesta. Nadie aparece. Golpea más fuerte. En la casa de enfrente, una vieja abre las contraventanas del primer piso. ¿A quién busca? ¡Al fotógrafo, señora!

La vecina cerró la ventana, con un silencio enlutado.

Volvimos dos o tres días. Y no. No había fotógrafo, ni nadie. Los domingos, mi madre recorría vigilante los jardines. Se fijaba en cada uno de los que llevaban una cámara. Sí, aquél era grueso. Pero la gente cambia, igual que tiene su derecho y su revés. Un día lo vio. O creyó verlo entre el gentío que rodeaba la Tómbola de la Caridad. Le gritó. Corrió detrás de él. Abrió un pasillo entre la multitud. Pero el hombre gordo alcanzaba la velocidad de la luz. A veces, todavía pienso que es él quien pasa, cuando algún hombre, de traje o con abrigo, me adelanta de repente. Grandón, a zancadas, hasta desaparecer borroso. Imagino que llega a su verdadera casa. Posa la cámara tullida. Abre un cuarto de revelado donde están los recuerdos áureos de todas las fotos que no hizo. Allí estamos nosotros, sonrientes, unidos como nunca.

17. Mi madre y el manifiesto surrealista

Los círculos concéntricos fueron tal vez la primera escritura de Galicia, junto con los laberintos. Digo escritura porque sin duda son signos que cuentan un relato en piedra, con punzón de sílex en el cuaderno abierto, a la intemperie, del granito. ¿Calendarios astrales, topografías, grabados animistas? Los arqueólogos debaten sobre el significado de estos petroglifos que se sitúan en la llamada prehistoria humana, pero que constituyen un período magistral en la historia de la línea. Lo que podemos decir con seguridad es que los autores eran buenos calígrafos, en el sentido de tener buen pulso y «buena letra», una voluntad de estilo, un dominio del trazo, en el que lo formidable es la extrema sencillez que contiene, para nosotros, una infinita información.

Así es el trazo de la boca de la madre.

No puedo reproducir fragmentos de los soliloquios de mi madre. Por supuesto, hablaba sola cuando estaba en la soledad o en presencia de algún hijo al que suponía enfrascado en sus propios asuntos; por ejemplo, María y yo con nuestros deberes escolares. Pero de vez en cuando el rumor de la corriente de conciencia de mi madre subía de tono, se aceleraba, incluso se desdoblaba o se multiplicaba en voces diferentes que a veces discutían entre ellas con ardor. Eso ocurría mucho en lo que podríamos llamar los lugares del agua. En el lavadero de la cocina y en el lavadero de ropa, bien en el vecinal o bien en el que acabaría construyendo mi padre al lado del pozo caprichoso, en el que profundizó año tras año a la búsqueda de agua suficiente. Retomaba el trabajo en el verano, cuando el pozo se secaba. Hasta que encontraba uno de aquellos «falsos manantiales» que lo mantenían engañado y esperanzado. Así, hasta que llegó al límite en que su figura desaparecía en lo oscuro, y consideró que tal vez había alcanzado un final. Había tocado el alzheimer del agua. La historia de aquel pozo era la de un fracaso. Había construido un vacío. Siempre me acerqué a ese pozo con pena y resentimiento. Pero ahora también lo veo como la boca de la literatura. Veo a mi padre cavando silencioso, o dinamitando las piedras y el lenguaje, a la búsqueda de su corriente.

En el caño de la cocina, en ese accionar giratorio de las manos en la vajilla, o en el movimiento de lavar en el río, mi madre habla sola y en vilo. Murmura, comparte confidencias, responde con coraje a alguna impertinencia, a algún interrogatorio. En algún caso, sería muy interesante conocer el interlocutor. Había dos situaciones que la transformaban orgánicamente. Dos extremos de metamorfosis. La furia que le producía la injusticia. Nunca fue violenta, era educada, de hablar hospitalario, más bien risueña. Pero también la recuerdo en una oficina municipal, cansada del maltrato, jurando que volvería con una piedra como María Pita contra el pirata Drake. Bien. Aquí tenemos a mi madre hablando sola. Su rostro muda. Se acalora, ríe, sus ojos se vuelven atmosféricos. Brillan, se toldan, relampaguean, quedan en una suspensión neblinosa. Y todo eso está conectado con las palabras. Algo está sucediendo en la cocina, levanto la vista del cuaderno o del libro y miro hacia ella, perturbado y maravillado a un tiempo, sin atreverme a interrumpir. Si ella se abre así es porque tal vez está en un paisaje de confianza. No puedo recordar lo que decía, seguramente porque estaba más atento al fenómeno de la expresión que a lo que expresaba. Tengo un recuerdo intermitente, de palabras ensartadas que se mueven como abalorios, que avanzan y retroceden, giratorias.

Podría decir que mi madre llevaba por fuera la corriente de la conciencia. Era un cuerpo abierto. Hablaba ella. Y en ella, otros. ¿Quiénes hablaban? En *Esperando a Godot*, hay un momento en que Vladimir y Estragon oyen las voces bajas de los muertos. Su sonido es como de alas. Como de arena. Como de hojas. Susurran. Crujen. Murmuran.

VLADIMIR: Estar muertas no es suficiente para ellas.
ESTRAGON: No es suficiente.

No es suficiente, no. ¿Por qué Juan Preciado vuelve a Comala? La madre se lo hace prometer, sí, para reclamar la herencia del padre, de Páramo. Pero ¿en qué consiste esa herencia? La madre describe así el lugar adonde envía al hijo: «Allí, donde el aire cambia el color de las cosas; donde se ventila la vida como si fuese un murmullo; como si fuese un puro murmullo de la vida». Aunque desolado, no es Comala un no lugar. Es, por el contrario, el lugar más humano, como la de la *Metamorfosis* es la habitación de la humanidad. El lugar donde estar muerto, ¡o vivo!, No Es Suficiente.

No sabemos bien lo que la literatura es, pero sí que detectamos la boca de la literatura. En los libros, en la vida. Esa boca raramente avisa antes de abrirse. Tiene la forma de un rumor. De un murmullo. Incluso puede estar cerrada, herida, y sentir cómo en ella enjambran excitadas las palabras. Puede ser una boca tuerta, pintada, voluptuosa, deshidratada. Puede ser escandalosa, incontinente, enigmática, malhablada, balbuciente. Lo que no puede querer es dominar. Es una boca siempre excéntrica. Sola o en grupo, habla sola. Su movimiento interior es el de la danza en la que los cuerpos se contraen y extienden, al tiempo que giran. La boca murmura el poema de Rosalía:

> *¡De aquellos puntos*
> *que hacen ahora*
> *de afuera adentro*
> *de adentro afuera!*

Hace ya tiempo, un amigo del valle de Soneira, Roberto Mouzo, que es un amador del palimpsesto de la tierra, me pasó una serie de reproducciones en papel de los petroglifos de la Costa da Morte, en los que destacan los agrupamientos de los círculos concéntricos. Aquellos gráficos estuvieron en la mesa de trabajo mucho tiempo, dando vueltas a mi alrededor, pero eran invisibles. Un día tuve que responder a uno de esos cuestionarios sobre los límites de la ficción y la realidad, la invención y la memoria... Estaba tan arrepentido de responder como insatisfecho. Pero allí estaban los círculos concéntricos. Significasen lo que significasen para los especialistas, para la *arqueolatría*, ahora murmuraban una respuesta sobre lo que la realidad es y las maneras de mirarla. La realidad resultaba ser sólo uno de los círculos de la realidad. Qué ridículo fragmento de realidad ven los que la confunden con la pegajosa actualidad. La óptica del ensanchamiento que mostraban los círculos incluía los sentidos externos e internos, la memoria y la imaginación. En *Los desastres de la guerra,* Goya puso un título: *No se puede mirar.* Desde niños, la consigna del miedo: *No se puede decir.* O: *Eso es pecado.*

La boca decía lo que no se podía decir. Parecía pecado.

El punto de partida de la expansión del petroglifo tiene el trazo del arranque de la boca que habla sola. Ahí estaba, fermentando, en vilo, descubriendo y enigmatizando a un tiempo. El petroglifo de los círculos concéntricos me llevaba a otro lugar especial, imprevisible, por encima del tiempo, como el camino ciego del Castro. En el fragmento clave del segundo manifiesto surrealista se señala un lugar: «Todo lleva a creer que existe un cierto punto donde la vida y la muerte, lo real y lo imaginario, lo comunicable y lo incomunicable, lo alto y lo bajo cesan de ser percibidos contradictoriamente. Y es inútil que se busque a la actividad surrealista otro móvil que la esperanza de encontrar ese punto».

La fuente de la energía que mueve esa esperanza es lo no suficiente. El andar simultáneo del deseo y el dolor. Como el vagabundo de Charlot apoya a la vez en uno y en lo otro. Las primeras películas las vimos en el cine Hércules, en el Monte Alto. Todos en vilo en la cámara oscura. El cinema entero imitaba como una liberación el rugido del león de la Metro. Antes, salía una cabecera propia con el faro que lanzaba en la pantalla un destello de luz muy aplaudido. Yo era muy pequeño. De las películas, sólo acuden al rescate las imágenes de Tarzán y el vagabundo de Charlot. Calle de Torre arriba, María andaba así de pequeña. Como Charlot. Esa forma de andar activa los sentidos, pone en contacto la imaginación y la memoria. Yo conocí muy pronto esa boca. Pero no sabía que había inspirado el grabado enigmático de los círculos concéntricos ni que aparecía descrita en el segundo manifiesto surrealista.

En aquel momento era, ni más ni menos, la boca de mi madre hablando sola.

18. El cristalero de la Larga Noche

El primer libro no escolar que entró en la casa fue una obra monumental. Por el título, *Cinco mil años de historia*, y por el tamaño y grosor, una auténtica losa. Una de esas obras que deja una huella inolvidable, y más si te cae encima desde el estante. Lo compró mi madre, Carmiña, en la librería La Poesía, en la calle de San Andrés. Habíamos bajado con ella a la ciudad y llevamos aquel libro en andas y de procesión. Eran cinco mil años de historia sobre los hombros de la humanidad. Un peso histórico que portábamos con una mezcla de respeto y alegría. Más aún por las circunstancias en que se compró. Era el día del Carmen, la Virgen del Mar. Nosotros queríamos comprarle un regalo. Y los regalos típicos para las madres eran casi siempre cosas para el trabajo doméstico. En realidad, no eran para ellas. Actuaban como depositarias. Para trabajar más. Nosotros pensábamos regalarle una cafetera. Una cafetera italiana para la Virgen del Carmen. Y fue cuando ella nos llevó a La Poesía y dijo: «Nada de cafetera. Me vais a comprar un libro. Un libro de verdad».

Mi madre había sido de niña una feliz lectora clandestina. Sabía de memoria versos de Rosalía de Castro, aunque su poema preferido, el que le temblaba en la boca, era el lamento fúnebre que

Curros dedicó a la autora de *Follas novas*, la oración fúnebre más dura de la historia de Galicia: *Ai dos que levan na fronte unha estrela / Ai dos que levan no bico un cantar!* ¿Qué será de los que llevan en la frente una estrella y en la boca un cantar? Un poema que resume toda esa historia como una trama de *serie negra*, en la que una carnal *diosa de la madre tierra* es devorada por sus contemporáneos: «La musa de los pueblos / que yo vi pasar / devorada por los lobos / devorada murió. / Los huesos son de ella / los que vais a guardar». Todavía vivimos uno de los capítulos de ese esperpento, con Rosalía «secuestrada», como Castelao, en un Panteón de Gallegos Ilustres del que la Iglesia se ha apropiado. El reposo de Rosalía, como ella pidió, debería ser el camposanto de Adina, en Padrón, y el de Castelao, la patria del exilio, La Chacarita, en Buenos Aires, el cementerio del mundo donde más nidos de pájaros hay.

El caso es que mi madre había leído mucho de niña. Sobre todo, los santorales que dormían en las tinieblas del desván de la casa del cura, en Corpo Santo. La sobrina del párroco, doña Isabel, se encariñó con la niña y medio la adoptó. A doña Isabel un pretendiente le había llevado un loro de regalo y ella lo bautizó como Pío Nono y le enseñó algunos latines. Pero el loro cambió de idioma en cuanto oyó la vox pópuli. Llegó a aprender unas magníficas blasfemias. Ésa fue su perdición. Fue encerrado en clausura y sólo tenía la visita de mi madre. Carmiña aprovechaba el mecenazgo de doña Isabel para desaparecer en el desván y allí perdía la noción del tiempo en compañía de los libros y del convicto Pío Nono.

En nuestra casa no había libros. Pero pronto notamos que la casa los pedía, los necesitaba. Una de las primeras cosas que hizo mi padre cuando nos asentamos en Castro fue hacerse suscriptor de un periódico, en este caso *La Voz de Galicia*. Fue una época brillante, con la dirección de Pedro de Llano *Bocelo* y luego de Francisco Pillado. *Bocelo* era un personaje popular, como pocas veces lo fue un periodista en A Coruña, y muy comprometido para su tiempo. Mi madre lo leía con entusiasmo por sus campañas de solidaridad con los más necesitados. En las manos de mis padres se cumplía aquel dicho de Bertolt Brecht que afirmaba que el periódico es «el libro de los obreros». Leerlo era un ritual. Él lo leía despacio y lo leía todo. La única sección que se saltaba era la de Deportes. Odiaba tanto el fútbol que ni siquiera era de los que se molestaba en gritar *¡Viva Rusia!* cuando jugaba la selección española.

Muchos domingos por la mañana subía por la cuesta de la peña del Cuco, hacia el monte de A Zapateira, con sus escondites de selva, un joven con un libro en la mano. Sabíamos cómo se llamaba. Era Chao, el hijo del señor Pai-Pai y de Felisa. Trabajaba de cristalero. Saludaba y seguía su camino hacia lo desconocido. Pero nosotros, María y yo, quedábamos prendidos de aquello que llevaba en las manos. De la criatura de papel. Del secreto.

Una mañana de invierno, camino de la escuela, un compañero algo mayor que yo, Domingos, me contó que se habían llevado preso a Chao. Su casa lindaba con la del cristalero. Habían llegado en coche policías secretos y se lo habían llevado detenido, después de poner todo patas arriba, mientras la madre lloraba. Chao estaba preso. ¿Preso? Pero ¿por qué?, ¿qué había hecho? Y entonces Domingos miró a los lados y me dijo en voz baja una frase que me dejó helado también por dentro: «¡No se puede decir!». ¿Cómo debería ser de terrible lo que había hecho Chao que no se podía ni decir? ¿Qué habría hecho aquel chico festivo, que siempre estaba de broma, que se disfrazaba en Carnaval, que en las partidas de cartas en la taberna gritaba cosas extrañas como *¡Vete a capar un grillo!* o *¡Por las barbas de Dostoievski!,* y además paseaba libros por los montes? Era el año 1964. En el periódico, junto con otros, aparecía la foto distribuida por la Brigada Político-Social. Manuel Bermúdez alias *Chao,* con el rostro transformado, tipo bandolero. En realidad, Chao, que trabajaba desde los trece años, primero en una fábrica de grafito y luego de cristalero, llevaba tiempo, desde 1959, en la lucha antifranquista. Él era inconformista hasta en la forma de hablar, ya expresaba ese espíritu en el Carnaval: «La misa será el *18 de julio* si los difuntos cobran la paga extra. ¡Y seculé y seculé, la carne de cerdo tocino es!». Cosas así. Surrealismo popular.

Un día conoció en la taberna de Os Belés, en Monelos, a Guillerme. Y Guillerme le dijo: «¡No hables tan alto! Las voces, bajas. Hay otras cosas que se pueden hacer». Acababa de llegar de Francia. Traía prensa clandestina, como *Mundo Obrero.* Y allá fueron en la moto Guzzi a repartirla por barrios y aldeas. Durante años, aquellos jóvenes, en aquella moto, consiguieron escapar del ojo que todo lo veía. Chao lo vivió con temor y emoción. Había mucha indiferencia y desconfianza. Pero en los lugares más imprevistos, apartados, había una mano en la noche que esperaba con impaciencia las hojas clandestinas.

En la cárcel de Coruña, un grupo de presos políticos organizó una especie de escuela libre, abierta a los presos comunes. Chao leyó un día un recorte de prensa que decía: *Ha sido detenido el peligroso delincuente contra la propiedad privada Suso El Alacrán*. Al día siguiente, *El Alacrán* ingresó en prisión. Los que conocían al reincidente le dieron la bienvenida: «¡Llegó El Alacrán! ¡Llegó El Alacrán!». Se incorporó a la improvisada escuela. Era un hombre de carácter más bien inocente. Chao le preguntó: «¿Por qué estás aquí, Susiño?». Y él explicó: «De esta vez, por robar estiércol». A Chao le pareció increíble la metáfora: el peligroso delincuente estaba en prisión por robar un carro de estiércol. Y *El Alacrán* añadió: «Lo que no le dije a la policía es que tengo un tesoro escondido». Para eso robaba estiércol, decía, para ocultar el tesoro. Se hacía querer, *El Alacrán*. Pero el hurto de estiércol no acabó a proceso judicial y llegó para él la orden de libertad. Lo echaron fuera, como quien dice. Al despedirse de la escuela clandestina, el hombre del tesoro lloró desconsolado: «¡Aquí lo pasé bien! Dais tabaco y todo». Chao también trató en la cárcel con unos estafadores de *guante blanco* que con sus mañas se hicieron con una fortuna en el banco Hispano Americano. Eran argentinos, muy bien parecidos, con aspecto de galanes. En la prisión, les traían la comida desde un restaurante de lujo, con abundancia de marisco. Discutían sobre las injusticias del sistema económico. Mientras comían percebes, los virtuosos estafadores decían a Chao, que había intentado explicarles la alianza de las fuerzas del trabajo y la cultura: «Vos sos unos boludos. ¡Nosotros sí que combatimos el capitalismo!».

Cuando salió de la cárcel, volvimos a encontrar a Chao camino del monte, el domingo, con su libro en la mano. Y no tardamos en ir detrás, María y yo. El libro se titulaba *Longa noite de pedra*, de Celso Emilio Ferreiro. Aquel día, gracias al joven cristalero, pudimos ver cómo las palabras heridas iban saliendo de debajo de las piedras. Cuando se declaraba el estado de excepción, o había huelgas y el régimen sacaba las garras, Chao desaparecía. Ya había dicho que no esperaría en la cama a que lo llevasen de nuevo preso. María y yo íbamos algunas veces a una cueva, de la que se extraía barro. Íbamos con un cubo a por arcilla para que ella hiciese figuritas. Era difícil localizar aquella cueva de no conocerla. La boca era muy estrecha, y estaba medio cubierta con helechos. Era agradable estar allí dentro. Ver la boca tartamuda de la luz, sentir la bocanada de claridad desde dentro de la tierra. La cámara cálida y húmeda a la vez, con el olor hospitalario y ancestral del barro. Un día encontramos una manta a cuadros, doblada en un rincón. Envolvía un libro, un libro de esos que todavía hablan, a medio leer: *Los hermanos Karamazov.* Así que aquél era el cuarto de la humanidad, la cueva del refugio.

No se lo contamos nunca a nadie. Ni a nuestra madre, que nos enviaría de vuelta con leche y pan para el vagabundo misterioso. Ni siquiera a Chao se lo contamos. ¡Por las barbas de Dostoievski!

19. Heráclito, Parménides
y el Instituto Mixto

Estábamos de pie en las butacas de terciopelo raído del viejo cine Monelos. Bailábamos a lo loco *Los chicos con las chicas*. Se había hecho una película a partir de aquella canción de Los Bravos que fue un éxito a finales de los sesenta. Pero nosotros teníamos un motivo especial para corear el elemental estribillo: *¡Los chicos con las chicas tienen que estar! Ven a vivir, ven...* El de Monelos fue el primer instituto mixto de Galicia, en un barrio fronterizo, donde los nuevos bloques de viviendas sociales lindaban con los campos de maíz. Una revolución. Un frenesí. A veces venían en grupo alumnos de colegios privados, religiosos, para ver aquel espectáculo. Lo de salir juntos de las aulas chicos y chicas. Los pantalones de campana, las primeras minifaldas. Pero sobre todo esa excitación de estar juntos. Ese fogonazo de poder mirarse de repente a los ojos, mientras el profesor Caeiro explica el debate esencial que atraviesa la historia. O eres Parménides Todo Permanece. O eres Heráclito Todo Fluye y Nunca nos Bañamos en el mismo Río.

Heráclito tenía razón, decía Caeiro, pero a Parménides tampoco le faltaba.

El río, nena. Bañarse juntos, nena. Permanecer, fluir. Todo está en los clásicos.

Yo corría, iba siempre con ganas, hacia aquel instituto. Con los pies y con la cabeza. Bajaba campo a través hasta Elviña. Cruzaba estilo *vietcong* la Avenida, a la que llamaban ruta Ho Chi Minh por la cantidad de gente que moría atropellada, hasta que se consiguió que pusieran un paso elevado para peatones. Uno de esos muertos fue Manuel de Corpo Santo, el abuelo escribano. Al andarín no lo mató la guerra y lo fue a matar un coche furtivo en la Avenida. El conductor se dio a la fuga. Y allí quedó Manuel, en la cuneta, de bruces, en la hora entre el perro y el lobo. Yo corría para atravesar todos los días aquella frontera minada. Después seguía por un sendero entre un mar de centeno y la vía de ferrocarril. Hasta llegar al Barrio de las Flores, un espacio de bloques de viviendas sociales, que se merecía el nombre. Había una imaginación arquitectónica que había pensado algo diferente y no tenía el aspecto penitenciario de otros barrios de nueva construcción. El instituto mixto no sólo era una meta exótica para mirones. Era también un centro de atracción para las bandas juveniles. Los Diablos Rojos era la de más renombre. Acudían allí no tanto para buscar camorra, sino diversión. Aparecían a veces con un *tocata* portátil y el patio abierto se convertía en un guateque. De alguna forma *pertenecían* al instituto. Deberían ser alumnos y no lo eran, aunque había algunos que estaban *fuera* y *dentro* a la vez. Me llamaba mucho la atención la jerarquía que existía en estos grupos. El liderazgo de los jefes no sólo era una cuestión de fuerza. Había uno, *El Chino*, de baja estatura y peso mosca, pero de mirada intimidante. Así que convenía no mirarlo, pues de hacerlo era muy probable que pronto sintieses en la nuca el filo de la navaja de su lengua:

«¡Tú! Sí, tú. ¿Qué miras?». Apoyado en el grupo, dominaba por su crueldad. Llevaba un juego de destornilladores en los bolsillos de la zamarra. Había otro tipo de líder en el que el carisma venía dado por esa seducción que despierta la belleza peligrosa. Era el caso de Miguel, conocido por *El Palaveño*. Su llegada tenía siempre la forma de una aparición. Delgado, piel oliva, pelo azabache, sonriente, sabedor de su encanto, provocaba un inmediato revuelo, donde se mezclaba la expectación y la alerta. ¡Era él, sí, es verdad, era él! Pero parece ser verdad que los dioses castigan a sus elegidos. La vida habría de ser muy dura, también con los más duros. Un espejo lleno de cicatrices.

Yo corría hacia allí. Iría hasta los domingos, si no lo cerrasen. Pasé siete años en el instituto mixto, los seis de bachillerato y el curso de orientación universitaria. Estaba en la ladera del monte, entre prados y tierras de cultivo, y cercano a la antigua iglesia de Oza. Los primeros años poco más era que un galpón, de paredes y tejados livianos, siempre con un aire de pabellón provisional, pero que resistía bravamente la tempestad. ¿Qué será de Heráclito, Parménides y la muchacha que se bañaba en el río?

Para nosotros estudiar fue una aventura algo temeraria. Me refiero a María y a mí. Nos empujaron los maestros de primaria, don Antonio y doña Fina. Pero aquello dividió a la familia. En aquel entonces, y en nuestro mundo, era algo insólito que los hijos de una familia obrera siguieran estudios más allá de la escuela. Mi padre no lo tenía claro. Y ahora lo comprendo. Él me veía a mí en la obra y a María le había buscado ya un trabajo de dependienta en una zapatería. No estaba mal, ¿no? Ella fue dos semanas de prueba. Volvió un día del trabajo y dijo: «No voy a ir más. Quiero estudiar». Y María, cuando tenía una idea clara, no doblaba. Tenía alma de sufragista. Así que estudiamos. A ella la matricularon en la Milagrosa, un centro público vinculado al orfanato de la Diputación. En cuarto de bachillerato, María ganó un concurso de redacción que patrocinaba una multinacional y en que participaban todos los centros de enseñanza, públicos y privados. Primero superó la fase de A Coruña. Después, la de toda España. El premio incluyó un viaje a Puerto Rico. Los periódicos titularon: *La hija de un albañil gana el concurso nacional de redacción*. Aquel cuento de María, escrito a los catorce años, era un texto insólito, con la sensibilidad de quien no tiene piel y lo siente todo, pero aguanta el golpe para contarlo. La vida de un árbol, la de la gente que lo rodea, su tala, el largo viaje en un camión para ser despedazado en un aserradero. Esa clase de relato en el que te preguntas: ¿cómo se hace esto y en tan poco tiempo? Un año después de aquel premio, María se deshizo de todos los regalos que le habían dado la multinacional, el Ministerio de Educación y otros organismos. De todo. Excepto de unos discos de música puertorriqueña y de un libro de la poesía completa de Tagore. Todo lo quemó en la huerta, ante la presencia callada de mi madre. Ella sabía que la libertad también duele. En María crecía la mujer libre, los ojos cada vez más grandes, como redomas. Recuerdo que no paró de llorar el día del golpe militar en Chile, con la muerte de Salvador Allende. Y había quien sabía el porqué, y había quien no y preguntaba: «Pero ¿por qué llora esta niña?». Y mi madre callaba.

Teníamos amigos comunes, que se iban cruzando en el camino. Muchos de ellos estudiaban en Monelos. El lugar de estudios coincidía con el lugar del deseo. El lugar erótico. Hoy se habla mucho de la contraposición entre *lugar* y *no lugar*. Hay también el *otro lugar*, donde nace una segunda vida. Algo pasó allí. Una concordancia psicogeográfica, un profesorado especial y una generación de balbuciente rebeldía que quería decir lo que no se podía decir.

Un sábado pedimos un espacio que hacía de sala para una actividad libre, organizada por el alumnado. El grupo más osado de la tripulación de Monelos, Celsa, Xoana, Chuqui y Luciano, recitó en tramos un poema de Brecht que bien podría ser el lema de aquel día: *Demolición del barco Oskawa por su tripulación*. Muchos oyeron por vez primera las canciones de *Voces Ceibes* (Voces Libres) que no podíamos oír en ningún otro lugar público. Interpretamos el *Catecismo do labrego* (Catecismo del campesino), de Valentín Lamas, *O tío Marcos da Portela*, un periodista ciego e insurgente que lo escribió a finales del siglo XIX.

—¿Sois campesino?

—Sí, para mi desgracia.

Quien preguntaba, quien hacía de sacerdote, era Pedro Morlán. Y yo era el labrador. Él, Morlán, hacía muy bien de confesor. Tal vez por su presencia de joven pálido, alto, flaco y revolucionario. El ideal, el sueño revolucionario, estaba en la atmósfera. Había profesores conservadores, sí, pero eran justo los más excéntricos. También los curas eran *rojos*. Primero, don Maurilio. Y Rodríguez Pampín, que se incorporó más tarde, de apariencia tímida, siempre cavilando, con el peso pétreo del mundo encima. Todo lo contrario del otro cura, Maurilio. Era un hombre menudo, fibroso, eléctrico. Parecía que el cuerpo todo le trabajaba para la voz. Para sostener lecciones magistrales o prédicas con la sal de la tierra. Gracias a este cura, hijo de labradores de Castilla, supimos a los catorce años quién era Hélder Câmara, el obispo brasileño de Olinda que abrió el camino a la teología de la Liberación, o Ernesto Cardenal, o Camilo Torres, el cura guerrillero colombiano, pero también nociones básicas del estructuralismo o del psicoanálisis. Se creó una comunidad de base. Pudimos *trasleer* los Evangelios y entender muy bien que a Cristo, si volviese, lo crucificarían otra vez de inmediato. No había más que ver las procesiones de Semana Santa. Ver al cura Maurilio demostrar la existencia de Dios a partir del filósofo ateo Althusser, entonces tan de moda en el mundo intelectual, no era un espectáculo menor. Digo ver porque utilizaba mucho la pizarra para los esquemas de un estructuralismo marxista y que Maurilio mantenía a raya en sus límites, que eran los del encerado. Dios emergía en lo alto de la pizarra y en el trono de la superestructura. Pero nada había más contundente para resolver las dudas de fe que verlo jugar al frontón. El pequeño cura se remangaba y se transformaba en pura infraestructura invencible. Hasta el muro de hormigón parecía rendirse. Con el instituto mixto rodeado de *jeeps* de la Policía Armada, los *grises*, tuvieron el coraje de decir una misa funeral por los dos obreros de astilleros asesinados en

Ferrol durante una manifestación, el 10 de marzo de 1972. Pampín hablaba gallego. Y hablaba hacia dentro. Si el Dios de Maurilio era un optimista histórico, de la vanguardia del constructivismo, para quien el Génesis podría tener su continuidad en la Bauhaus, uno se imaginaba al Dios de Pampín como un ser vulnerable, existencialista, dispuesto a darle la mano a la desesperada Nada, un creador más necesitado de protección que todopoderoso. Me comentó un día que tenía algo para mí. Fui a la pensión en la que vivía, un cuarto muy modesto. Me dio un libro con mucho sigilo y me dijo: «¡Llévalo escondido debajo de la ropa y no lo saques hasta llegar a casa!». Era el *Sempre en Galiza*, de Castelao, escrito en el exilio y editado en América, y conocido como la *Biblia gallega*. En casa, anduvo por todas las manos. Nadie apagaba la luz. Un libro acostumbrado a vivir escondido, de la estirpe de decir lo que no se podía decir. Con humorismo y dolor. Escrito por un hombre que estaba perdiendo la visión. Envejecido, derrotado, abrumado por el avance del nazismo, con el sentimiento de culpa del superviviente, Castelao ve desde su habitación al anochecer cómo se van iluminando las ventanas de otras habitaciones en Manhattan. Está hundido. Solo. Escribe: «Soy hijo de una patria desconocida». Pero ocurre algo extraordinario. El golpe de mar. El andar de Charlot. Se va a Harlem. Es un día de invierno. Dibuja a un joven vagabundo negro. Tal vez el mejor retrato de su vida. Escucha, dice mi madre con la *biblia* laica en la mano, ¿cuál es la Santísima Trinidad de Galicia? La vaca, el pez y el árbol. Los dos curas, Maurilio y Pampín, fueron amables en tiempos que no lo eran.

La Iglesia a la que pertenecían no lo fue con ellos, talados como árboles.

Por aquellos días ocurrió otra cosa. La policía secreta, la Brigada Político-Social, visitó a la dirección del instituto mixto. Y se acabaron los actos de *demolición del barco Oskawa* por parte de la tripulación de los sábados y se puso fin a nuestra experiencia de libertad de prensa en ciclostil. La dirección dijo que era por nuestro bien. Eran buena gente. Nos estaban enseñando. Una intensa inmersión histórica. Ahora, tocaba miedo. Pero habíamos probado ya la libertad, el mayor pecado de España. Lo que no se puede decir se había guarecido por los escondrijos de las muelas. Ya habíamos oído a Miguel Servet en labios del profesor Caeiro: *Libertatem meam mecum porto*. Mi libertad la llevo conmigo. A la salida del instituto, siempre había algún coche cenizo con tipos de mirada oblicua. La Institución Libre del Arrabal, *los chicos con las chicas*, estaba en el punto de mira.

20. Un trabajo donde no mojarse

—Hijo, ¡busca un trabajo donde no te mojes!

Además de ir al instituto mixto, yo trataba de prepararme lo mejor posible para cumplir aquel mandato de Carmiña. Entre otras cosas, fui a una academia de mecanografía. Hay un poema de Pedro Salinas en el que llama «alegres *girls*» a las teclas. Fue lo que sentí, esa alegría, desde el primer día que me senté delante de la máquina de escribir. Los dedos se movían con torpeza, las varillas se atascaban, pero todo se transformaba cuando se acercaba aquella profesora de mecanografía y te colocaba los dedos en su tecla y los presionaba el grado necesario para alcanzar el impulso, la suave potencia que moviese el carro y el andar todo de la escritura universal. Para esa tarea, ella se colocaba detrás, abarcaba tus hombros y orientaba tus manos para hacer de los dedos sabios operarios andarines. La suya era un habla corporal, en la que las palabras, el olor de la piel y las melenas rizadas formaban parte de un lenguaje único que tenía el acento en la yema de los dedos. Los dedos corrían ligeros, felices y bohemios. Lástima no seguir con la taquigrafía, pero tenía que buscar un trabajo en el que no mojarme.

El día que subí las escaleras del *Ideal Gallego*, no sabía si quería ser periodista, pero sí que quería ser escritor. Escribía versos, o lo que yo creía poemas, incluso entre los números y las ecuaciones de matemáticas. Cuando se acercaba un profesor, tapaba aquel secreto con las manos y el cuerpo. El poema se ocultaba como un erizo. Pero un día él lo descubrió, el poema, el erizo abierto. Su reacción fue leerlo. Sus gafas de alta graduación escudriñando aquel extraño ser, el erizo sorprendido, que era el poema entre números. Yo no esperaba un análisis, sino una amonestación. Y fue él y me dijo: «¿Por qué siempre escriben poemas tristes?». No recuerdo cuán triste era, el poema, el erizo aquel, avanzando con su propia incógnita entre las ecuaciones, pero sí recuerdo que me sorprendió aquella forma de plural que él usó para identificarme. Yo hacía poemas. Yo hacía poemas tristes. Yo era de una extraña tribu que acostumbraba a hacer poemas tristes. Tal vez el problema era el matiz. No acerté a explicar que el poema era triste, pero que la forma de escribirlo era alegre. El erizo estaba aprendiendo mecanografía.

En la psicogeografía de aquel tiempo había otros lugares inolvidables, donde se abrió el erizo. Uno era la biblioteca del jardín de San Carlos, en la Ciudad Vieja. Para ir desde Monelos, a la salida de clase, había un largo recorrido, que hacía por el puerto, entrando desde la Palloza. El puerto era entonces un espacio abierto. Uno podía gozar de la más extraordinaria arquitectura: los barcos y las grúas. El trabajo de los rederos, el tejer y remendar las grandes telarañas marinas. Las voces resucitadas de los que volvían de la pesca del Gran Sol. En el escenario del cielo coruñés, sobre la bahía, el espectáculo más apasionante eran las nubes de estorninos, dibujando viñetas en trama de puntos pop-art, simulando grandes aves, para defenderse de la depredación. Alguna de aquellas nubes iba a posarse en los grandes olmos del jardín circular de San Carlos, adonde también solíamos ir los poetas más o menos tristes. No alejado de allí, abrió el primer *pub* musical de Coruña, el Dylan's. Gracias a Carlos, el joven valiente que lo ideó, aquél era un pequeño local que soñaba hacia delante como el vinilo. Un lugar de descubrimiento. Allí te podías encontrar cada día la salvaje compañía de la música y de la gente que decía lo que no se podía decir. Pertenecía también a la geografía del *otro* lugar, donde escuchabas lo que nunca habías oído. Incluso lo inesperado. Canta música cómplice, y el beso infinito, desbocado, con aquella muchacha misteriosa, algo bizca y ronca, fue a llegar con el brío estremecedor de María Callas en *La mamma morta*.

Sorridi e spera! Io son l'amore!

El Dylan's era otra habitación de la humanidad. Un hogar nómada. De dentro afuera, de fuera adentro. Un pequeño local, en la Ciudad Vieja, luchando bravamente. Contra las multas. Las sanciones que obligaban a cerrarlo por temporadas. Alguna tarde llegabas a la puerta y estaba precintada. Ni un murmullo. En la esquina, la silueta torva de alguno de la *secreta*. ¿Dónde se esconderían las canciones? Las hojas secas, en el jardín de San Carlos, haciendo círculos, en remolino, en el vinilo de la tierra, tras el deambular de la chica bizca.

—¿Te vas?

—Tengo trabajo. No puedo faltar.

—¡Pues no vayas!

Marché. Cabizbajo. El estigma de la estirpe maldita. El trabajo. Nunca más la vi.

Vivi ancora! Io son la vita!

Quería ser escritor, pero ¿qué oficio era ése? La mayoría de los escritores que admiraba se habían ganado la vida como periodistas. Desde Mark Twain a Graciliano Ramos, el brasileño de *Vidas secas*. ¡Eh! Procura no citar tanto. Estás citando demasiado. Recuerda cuando eras bachiller. En la Casa de la Cultura, en el jardín de San Carlos, asistes a una conferencia del Escritor de Fama. Leyó la intervención y lo hizo con cierta desgana. Alguien le preguntó, en el coloquio, sobre los escritores que más le habían influido. Él comenzó a citar: Shakespeare, Cervantes, la gran novela inglesa, la gran novela francesa, la gran novela rusa, por supuesto Faulkner... La boca irónica de la literatura se abrió entre el público: «¿Qué culpa tienen ellos de lo que escribe usted?». En A Coruña había una gran tradición de *ferretes* y apropósitos, de humor crítico. Y gente que los utilizaba con puntería y coraje. Un recital del jefe del grupo poético falangista *Amanecer* fue interrumpido en el instante supremo por el pintor Reimundo Patiño al grito insurgente de: «¡Otra de calamares!».

En el instituto mixto hacíamos aquella revista que terminó siendo clandestina. Había entrevistado para ella a bocas heterodoxas de la cultura. Una llevaba a otra. Como el enjambre cuando enjambra. El dramaturgo Manolo Lourenzo, encarcelado de joven, el músico Miro Casabella, nieto de un ciego cantor de coplas, el humorista y dibujante de cómic Chichi Campos, subversivo en cada viñeta... Muchas no pudieron publicarse, pero formaban ya parte de la libertad que llevaba conmigo. Una casual causalidad, la salida accidentada de un recital musical de Miro, prohibido finalmente por el Gobernador, me llevó a conocer a Toño López Mariño. Y fue como conocer a un tiempo a Bugs Bunny y a Jack Kerouac. Toño había pasado del seminario menor de Santiago a la Generación Beat y a la cultura alternativa. Había sido de los últimos estudiantes de la desaparecida Escuela de Periodismo de Madrid y firmaba sus crónicas con las siglas PQF (Para Qué Firmar). Le conté mi historia y me animó a ir por el *Ideal*. El vetusto periódico de la intransigencia católica estaba viviendo una revolución interna, con un nuevo director, Rafael González, procedente de Andalucía. No era el *Combat*, precisamente. En la redacción había una vieja guardia, muy conservadora, pero se había ido incorporando gente que suscribía y practicaba los propósitos y obligaciones del periodismo, a la manera de Albert Camus. No mentir y saber confesar lo que se ignora. Negarse siempre, y eludiendo cualquier pretexto, a toda clase de despotismo... En fin: no dominar. Allí estaba germinando el mejor periodismo de Galicia. Xosé Antonio Gaciño, Luis Pita o Gabriel Plaza eran nuevos referentes del periodismo en Galicia. Esos mismos a quienes iban a insultar de vez en cuando, en las escaleras del *Ideal*, los fascistas que se hacían llamar Guerrilleros de Cristo Rey. La nueva alma del *Ideal* estaba cambiando la información, con el escándalo de las autoridades franquistas y del clero reaccionario, que cada día observaban más atónitos el volar libre de la antigua «hoja parroquial». Pero no sólo eso. Los periodistas participaban en el renacimiento cultural de la ciudad. Se organizó una primera exposición antológica de Urbano Lugrís, el surrealista del mar. Cuando ves uno de sus cuadros, piensas que el mar existe, entre otras cosas, para que lo pintase Lugrís. Él decía que pintaba en talleres submarinos como un compañero de soledades del capitán Nemo. Pasó por el drama de pintar con motivos marinos el interior del *Azor*, el yate de Franco. El dictador pretendía ser artista, pero cada pez le salía un monstruo, y no digamos los crustáceos. Así que hicieron ir a Urbano Lugrís. Después, el pintor marino se emborrachaba. Sus mejores obras las hacía con vino tinto en las mesas de mármol de las tabernas. Recuerda. Era el verano de 1975. Llevamos los cuadros debajo del brazo, uno por uno, a la Asociación de Artistas. Vamos en fila, abrazados cada uno a su Lugrís, y en la plaza de María Pita nos cruzamos con los ultras, que aquellos días campaban a su aire. Iban armados con cadenas. Ellos no pueden saber qué cuadros llevamos bajo el brazo, pero nosotros sabemos que para ellos son potencial basura, arte degenerado por el hecho de ser nosotros los portadores. Gabriel Plaza murmura: «¡No los miréis, seguid adelante!». Tú no eres un valentón, lo sabes, pero sientes una extraña fuerza que procede del cuadro. Lo protegerías con tu cuerpo hasta el final.

Pero eso todavía no ha sucedido. Estoy subiendo las escaleras del *Ideal*. No las principales, sino las de la parte trasera por donde se atajaba a redacción. En aquellos años de convulsión las redacciones eran ágoras. Se abría la puerta y entraba una comisión de vecinos, o una agrupación sindical o un grupo de mariscadoras preguntando si allí había hombres «con un par de huevos» para publicar sus denuncias. Venía gente con noticias encima de la cabeza. Noticias frescas, en especie. Ahora soy yo quien sube. Tengo el síndrome de la escalera antes de subirla. Pienso que equivoqué mis pasos. Que fue un error dejar los poemas que todavía no he dejado. Debería volver para recuperar los poemas. Perdón. Me equivoqué. Tengo otros textos, otras redacciones. También entrevistas. A ver, ¿por qué dejó usted los poemas? ¿Qué se cree que es un periódico, un depósito lírico? ¿Para qué cree usted que se inventó la papelera? El mal de Galicia. Levantas una piedra, y sale un poeta. Uno de los beneficios de la emigración: nos libró de centenares, miles de poetas. Responda, ¿por qué pensó que los poemas podían ser la carta de presentación para obtener un trabajo? ¿Cómo llegó usted a tan peregrina idea? ¿Está usted en su sano juicio?

Subo la escalera. Todavía no he entregado los poemas. Aún tengo tiempo para bajar y salir corriendo, avergonzado. No. Otro peldaño. Intento defenderme. ¿Lo de los poemas? Mire, le voy a explicar. Mi padrino tiene una máquina de escribir. Portátil, muy pequeña. Él es viajante, vendedor de especias. Por cierto, ¿sabía usted que un kilo de azafrán puro vale más que un kilo de oro? Es una máquina que utiliza para hacer facturas, con el carro muy corto. Él quiere que sea un hombre culto, de provecho. Me dijo hace unos años: escribe, escribe si quieres, escribe con la máquina. Ésa fue mi perdición. Ése fue el momento del fallo. Me pareció un juego. ¿Qué escribo? El carro es corto. Pienso. Voy a escribir versos. Líneas que parezcan versos. Poesía. Así comenzó mi vocación poética. Por ese determinismo del tamaño del carro de la máquina de escribir. Un juego. Cosas de niño. Será mejor que me devuelvan mis poemas. Olviden mis poemas, por favor. Déjenlos en libertad. Yo no quiero publicar poemas. Quiero un trabajo donde no mojarme.

Llevo unos poemas tristes y el cuaderno de notas escolares del instituto mixto. Quien abre la puerta, y quien no la cierra, sino que me recibe y observa con curiosidad el fajo de poemas, es una joven llamada Ánxela Souto, la secretaria de redacción. Lo mágico no sé, pero sí que existe la causalidad mágica. Los primeros poemas habían encontrado un hogar en sus manos. Me siento como Charlot después de un golpe de mar. En el mejor lugar posible. Vuelvo una semana después. Espera, un momento. Te va a recibir el director. Me recibe. Alguien ha leído los poemas. No están mal. Me gusta el comentario. Podría ser un buen título: *Poemas que no están mal*. La crítica más generosa que oí. Pero no hay nada mejor que lo que dice a continuación: «Quédese unos días por aquí. ¡A ver qué hace!».

Al día siguiente, salí corriendo del instituto, sin decirle nada a nadie, hacia mi primer trabajo. Subí las escaleras de dos en dos. Abrí la puerta de la redacción. En los círculos de las teclas bailaban las alegres *girls*, impulsando las máquinas de hierro. Allí estaba la fábrica de las palabras. La gran oficina donde los ruidos y los rumores, el bullicio del mundo, adquirían un sentido, un orden tipográfico. Ese ritmo de tracción, el avance de la escritura en los carros, producía su correspondiente columna de humo. Las había lentas, espesas y oscuras, que no despegaban del todo, manteniéndose en bruma alrededor del autor. Otras subían con calma artística, en arabescos, hasta inmolarse en las aspas de los ventiladores. Y las había muy ligeras, el humo disparado y veloz de una escritura endiablada.

Sí, casi todos los periodistas fumaban. Las máquinas tenían soldados pequeños cazos de metal, a la manera de ceniceros. Estaba bien saber mecanografía, pero si quería llegar a ser un verdadero periodista debía comprar tabaco cuanto antes. En medio de las nubes, por el corredor central, Ánxela me llevó a una mesa. Me sentó delante de un hombre con manguitos a la manera de los antiguos periodistas. Y es que era un periodista antiguo. Flaco, muy silencioso, no me extrañó cuando me puso delante un folio mecanografiado y me dijo con la oscura ironía de un prestidigitador: «Hazlo inteligible y titula con menos de diez palabras». Cuando miré con detalle la hoja, la crónica de un corresponsal, me di cuenta de que era una copia de la copia de papel de calco. Era difícil distinguir algunas de las palabras, sólo sugeridas por sombras carbonosas. Unos días por aquí. Algo que hacer. Es más de lo que puedo soñar. No hay paga. Soy un meritorio. Es la primera vez que escucho esa palabra. Parece antigua. Escucho lo que dicen: «¿Esto? ¡Que lo haga el meritorio!». Hasta que me doy cuenta de que la flecha va por mí. Yo soy el meritorio. No sé todavía si suena bien o mal.

El veterano se llamaba Javier Guimaraens. Un histórico en el viejo *Ideal,* responsable de las páginas de información local de villas y comarcas. Muy austero en todo, también en la expresión. Tal vez su extrema delgadez tenía relación con aquel ejercicio obsesivo de la poda de textos. Era un hombre muy conservador. Tampoco para identificarse necesitaba frases largas. Aquel primer día me echó una ojeada por encima de los lentes, como el entomólogo que toma medidas a un ejemplar desconocido al otro lado de la mesa. Y ya no hubo más colisión. Fue muy respetuoso y me enseñó mucho en el ahorro verbal. Tuve el instinto de concentrarme en los titulares de menos de diez palabras y en las labores de paleólogo de algunos textos comarcales.

Una de mis primeras misiones fue ser portador de noticias. En el sentido más literal. Una buena parte de las crónicas de los corresponsales de pueblos y comarcas llegaba con los transportes de viajeros. No había una estación de autobuses, así que ibas a las diferentes paradas y los conductores te entregaban los sobres con las informaciones. Sólo se admitían crónicas por teléfono, en llamadas a cobro revertido, en casos excepcionales, como algún accidente siempre que fuese grave.

Hacía entrega de los sobres comarcales a Guimaraens y ocupaba mi posición a la espera de nuevos desafíos en el ilusionismo periodístico. Había textos que llegaban escritos a mano, a veces con caligrafía enrevesada o letra de mosca. Otros con voluntad de estilo admirable, laboriosos poemas caligráficos que decaían de espíritu para informarnos de una próxima visita de la delegada provincial de Coros y Danzas de Educación y Descanso de la Sección Femenina del Movimiento Nacional. En estos casos había que pasarlos a máquina. Los que ya venían mecanografiados había que revisarlos, corregirlos y ajustarlos al espacio disponible. Por supuesto, con un titular de menos de diez palabras. Algunos corresponsales protestaban. Para ellos, un buen titular era un largo titular que contase todo. Yo me había vuelto un entusiasta del minimalismo de Guimaraens. Cada vez me comía más palabras.

Un día mi jefe inmediato y minimalista me pasó una hoja. Ni me miró ni hizo falta ningún comentario. Por el formato y las marcas identifiqué a primera vista la procedencia. Era una crónica enviada desde Boiro, y de un corresponsal que firmaba como Enmuce. Era un tipo cumplidor, Enmuce. Muy trabajador. Casi todos los días enviaba alguna crónica. El problema es que enviaba esa misma crónica a todos los periódicos gallegos. La mayoría de aquellos corresponsales no cobraba nada. La única compensación era justamente el ser publicado. Al estilo más contemporáneo, digamos que era un cobro virtual. Enmuce utilizaba papel de carbón para hacer las copias. Pero eran muchas copias. A veces, siete. La gran complicación surgía cuando lo que llegaba era una de las últimas copias. Pero nunca me había pasado esto. Lo de hoy. Lo de que no pudiera entender nada. Era el final del verano. Ahora sí que estaba en juego mi reputación. Incluso el trabajo donde no mojarme.

Tenía que seguir la técnica inversa al minimalismo. Eso que dice, más o menos, la Edda islandesa: «La primera palabra te llevará a la segunda y la segunda a la tercera». La crónica estaba en castellano y había una primera palabra que se identificaba, que incluso hacía señales para ser vista: *patata*. Poco a poco, con signos visibles en carbón y las huellas de las teclas, conseguí ir descifrando la tierra incógnita. Enhebrando las palabras. Y unas me llevaban a otras. Todas las palabras desaparecidas querían revivir. Brincaban excitadas en las teclas. Y armé aquella crónica que hablaba del hallazgo de una patata gigante, justo el día en que fue avistado un ovni en el lugar. Era un tiempo aquel en que estaban de moda los Objetos Volantes No Identificados. Incluso hubo una indicación gubernativa para que se restringiesen esas noticias de extraterrestres que podrían inquietar a la población y poner en cuestión el orden celestial. Pero una noticia de ovni con tubérculo gigante, eso era una bomba.

El corresponsal fue felicitado. Y yo me dispuse con esperanza ser destinatario de nuevos mensajes desde el sistema exterior.

21. Una persona normal

El cierre. El cierre era sagrado. Si se cerraba a deshora, se perderían los enlaces. Los enlaces eran los puntos decisivos en la distribución del periódico. Una malla tejida de encrucijadas estratégicas en el mapa de Galicia. En las ciudades era fácil compensar un atraso en la hora de salida. Pero la guerra tenía por escenario los pueblos y aldeas, en el territorio con la población más dispersa de Europa. Era allí, en los enlaces, donde las furgonetas propias pasaban el relevo a coches de línea y a todo tipo de vehículos de transporte que completaban las rutas. Había que estar allí a la hora prevista. El clima no era disculpa. Las nieblas, la lluvia, la nieve, los vendavales, formaban parte de la normalidad. No era un argumento convincente que el conductor del reparto atribuyese a un diluvio la pérdida de un enlace. Aunque el agua anegase las carreteras. Algún otro camino habría.

—¡Se perdió un enlace en Ortigueira!

Perder un enlace era un auténtico drama en la vida del periódico. Una derrota. Un dato fúnebre. El primer día que escuché ese lamento terrible, el de perder un enlace, imagine una grieta que se abre de repente en la carretera y se traga el furgón con la prensa católica. Porque se luchaba ejemplar por ejemplar para mantener o ganar pequeñas posiciones. Había colgados de las paredes grandes mapas de Galicia, alguno en relieve, marcados con alfileres de colores. En rojo, los puntos donde se libraba la verdadera batalla: los enlaces dificultosos, críticos.

Una noche, en la redacción, se complicaron las cosas. Cuando me di cuenta, ya no había nadie que me pudiese llevar en coche. No tenía dinero para un taxi. Hacía mal tiempo. La casa de Castro estaba muy lejos para ir andando en aquella intemperie. Lástima no haber ido con Toño. Ése sería un sueño. Un viernes, al salir de la redacción, me invitó. Los padres tenían un bar, el Dos Ciudades, en el límite entre la Ciudad Vieja y la Pescadería. Vivían en un piso del mismo edificio. Un piso pequeño, ocupado por camas. Toño tenía cinco hermanas. Y las cinco chicas estaban ahora allí, riéndose entre ellas, riéndose de mí. ¡Pero si es un crío! Parece un seminarista. Qué bien, qué alegría, qué mareo oír tantas risas y que uno esté en la diana. Juré que volvería. Pero hoy ya no puede ser. Así que te ocultas en la redacción. Duermes en una cabina de teléfono, tumbado sobre papel y cubierto con el chaquetón. El teléfono está allí, en lo alto, mudo pero alerta. ¿Qué harás si suena el teléfono? ¿Tal vez sea la noticia del año y tú estés allí, el único, en el momento y el lugar? Todavía no has resuelto si responderás o no al teléfono, cuando te quedas dormido. Sobre los periódicos. Ahora sí que eres un auténtico periodista. Por la mañana me despierta el tarareo de la señora de la limpieza. Sin que me vea, voy al baño y luego me siento en una mesa aparentando una tarea de máxima urgencia. Todo va bien hasta que llega el subdirector, Juan Molina, y le sale al encuentro el jefe de Administración. Como en los teletipos cuando hablaban del líder camionero USA Jimmy Hoffa, debería decir el «todopoderoso jefe». Está furioso. Ha pasado algo terrible. Yo estoy alerta. Me late el corazón a cien. ¿Qué cosa tan grave habría pasado? Yo no era culpable, pero podría ser sospechoso.

—¡Perdimos un enlace en Pontedeume! —dice la voz que retumba.

—Cerramos en hora —dice con voz baja Molina.

—¡Pues cierren antes de la hora!

Respiré aliviado. Pero aquel día pensé que alguna vez habría que escribir una historia épica del periodismo gallego. Hablar de exilios y censuras, sí. Pero también con un capítulo dedicado a los enlaces. Un homenaje a los repartidores. Veía tanta presión que a veces pensaba en un artículo en honor de aquellos héroes de la distribución, capaces de llegar a la aldea más remota, aislada por la nieve, con el periódico de un suscriptor. «En la historia de la comunicación en Occidente, no hay nada comparable a la extraordinaria epopeya de la distribución de periódicos en Galicia. Ni siquiera el legendario Pony Express alcanzó semejante precisión y competencia en los enlaces.»

En la vida, no se pueden perder nunca los enlaces.

Hay otra lección de la que nunca me hablaron los profesores de la facultad, ni oí en conferencias, ni leí en libros de expertos de comunicación. Y es la importancia de los obituarios en los periódicos de papel. En concreto, ese género de pago que llamamos *esquelas*. Que yo sepa, nadie ha puesto una esquela en Internet. Una esquela de verdad. Los vivos somos muy crédulos, pero los difuntos no se fían del mundo virtual. En el *Ideal*, como en todos los periódicos, la hora de cierre en la redacción era sagrada. La presión de la todopoderosa administración era muy fuerte, debido a la dramática guerra de los enlaces. Pero a la noche, en la hora límite, el papel decisivo lo jugaba el regente de talleres. Durante el día, un hombre muy serio, que es lo que se suele decir de las personas que producen una cierta intimidación. Así, el humor del regente y sus trazos faciales se iban mudando a medida que se acercaba la hora de cierre, y anticipaban el momento en que el hombre silencioso se transformaría en un capataz implacable.

Si la memoria se deja ir y desciende por la escalera de redacción a talleres, ya no va a poder ocuparse de otra cosa que del nuevo olor, el que procede de las palabras en fundición. Las letras, lo que fue escrito arriba, las verdades y las mentiras galopando en las teclas, son ahora de plomo. Vaya, he ahí mis magdalenas. Además de los erizos de mar, el olor a plomo de las palabras. Porque allí están los linotipistas, sentados delante de los grandes cacharros del futurismo arqueológico, esculpiendo el lenguaje, y con botellas de leche al lado. Porque las palabras de plomo, incluso las verdaderas, intoxican los cuerpos. Y yo siempre que podía bajaba allí, como bajaba a pillar los primeros ejemplares de la rotativa, cuando la tinta tiznaba y tatuaba los titulares en las manos. Bajaba allí porque para mí el verdadero olor del periódico, además del perfume de Ánxela, y el del humo del tabaco mecanográfico, era la mezcla de plomo, leche y tinta en los talleres.

Sí, llegaba el momento en que la autoridad estaba depositada en el regente y sólo había una cosa que podía detener el frenético proceso que llevaba al arranque de la rotativa. Una esquela. Hasta una hora considerada el límite soportable, permanecía en la administración un oficinista de retén para contratar esos espacios fúnebres. Se cobraban por módulos, según superficie, a un precio superior al de la publicidad comercial. Y con un procedimiento innegociable. Había que pagar siempre al contado. Fue la primera vez que oí la expresión «pagar en *cash*».

—¡Las esquelas se pagan siempre en *cash*!

Tal vez esa exigencia acentuaba su carácter de información esencial. Lo que se pagaba en *cash* no tenía vuelta de hoja. Nadie discutía el contenido informativo de una esquela. Tampoco el precio. El periódico podía estar a la espera un tiempo por si alguien llamaba al teléfono habilitado y avisaba de que iba de camino con una esquela y con el *cash*.

En aquella época se comenzaba a especular con el declive de la prensa local y regional. Las dificultades que tendrían estos periódicos para sobrevivir. En una encuesta europea, el escritor Álvaro Cunqueiro, que era en ese momento director del *Faro de Vigo*, fue el único, junto con el director del francés *Sud-Ouest*, que cuestionó ese uniformismo catastrofista. «No sé lo que pasará con el resto de los periódicos, pero el *Faro de Vigo,* con los anuncios breves en proa y las esquelas en popa, es un barco que jamás se hundirá.» Y es verdad que siguen navegando. La muerte en Galicia, en última instancia, se sigue anunciando en papel y pagando en *cash*. Los difuntos no se fían del mundo virtual.

No era consciente de la importancia de las necrológicas, ni de estas reglas no escritas en el funcionamiento del periódico, hasta el caso de la entrevista con Luís Seoane. Un asunto personal. La primera vez que viví con auténtica angustia el ser o no ser de un texto. Seoane era algo más que un gran artista. Había sido el referente fundamental del exilio y lo era todavía de la resistencia intelectual al franquismo. Mantenía casa en Buenos Aires, pero había comenzado a viajar con más frecuencia a Galicia y España después de la puesta en marcha de la nueva fábrica de cerámica de Sargadelos, junto con Isaac Díaz Pardo. El grupo tenía también el proyecto de crear un periódico, el *Galicia*, que rescatase y renovase las luces e ideales destruidos por el franquismo. Así que Luís Seoane estaba en A Coruña. Inauguraba una exposición en una nueva galería. Hacía poco tiempo que yo había entrado de meritorio en un periódico que metía miedo en las hemerotecas, portavoz de un nacional-catolicismo intransigente. Pero estaba cambiando, bastante. Esa revolución interna que enfurecía a la entidad directiva, la Asociación Nacional de Propagandistas. Propuse hacer una entrevista a Luis Seoane. Al fin, ya casi entrada la noche, Gabriel Plaza, redactor-jefe de cierre, me dio vía libre. A Seoane le extrañó aquella proposición. No sabía nada de mí, claro. Pero sí mucho del *Ideal*, un periódico del que sólo esperaba ignorancia o ataque. Aceptó hablar, pero, al principio, muy a la defensiva. Tal vez eso hizo que la entrevista fuese para mí más dura, pero también más interesante. Pensando en el poema de John Keats, le pregunté sobre el lugar de la verdad y de la belleza, y me respondió como un rayo: «¡También la belleza puede ser terrible!». Llovíznaba al salir, y por los Cantones ardían las losas con el reflejo del neón bancario. Corrí a la redacción. Ya casi estaba vacía. Escribí sin mirar las notas, siguiendo esa verdad inconfesable del periodismo que dice: «Si te olvidas, inventa. ¡Y acertarás!». Si inventas bien, claro. El regente de Talleres apareció en la redacción, seguramente para detectar al infractor causante de aquel teclear inoportuno. También para él yo era casi un desconocido. Me adelanté a una amonestación, gritando con inquieto fervor:

— ¡Es una entrevista a Luis Seoane!

Murmuró algo. Luego levantó la voz:

— ¿No será para hoy?

— Sí, sí. ¡Ya está! —proclamé triunfal.

Escribí a mano el titular. Él agarró el texto. Y al marchar dijo: «A lo mejor no puede entrar. Hay pendiente una esquela».

Esperé. Ya había aprendido a fumar. Ya tenía la propiedad de una nube. Cada vez que gemía la puerta, esperaba la llegada de los parientes del difunto, quizás, y como a veces pasaba, con un saquito con el dinero en metálico recaudado en la madrugada y con urgencia. Había que contar hasta la última peseta. Pero no llegó nadie. Y hubo un momento en que el regente dio la orden de avante. Yo había bajado a talleres. Me miró: «Esa entrevista entra». No me pareció que estuviese disgustado. Creo que le gustaba que los de la redacción bajasen alguna vez para mancharse las manos.

El verano era la mejor época para el meritorio. Había un redactor veterano, Ezequiel Pérez Montes, que batía todas las marcas. Entrevistó a ocho ministros de Franco en un día. No eran declaraciones geniales, pero los entrevistó. Él era una celebridad y mantenía una distancia. Pero para mí era un espectáculo verlo en acción. Recuerdo el día en que entrevistó a un pintor local, muy necesitado de alabanzas, y fue Ezequiel y le preguntó:

—¿Dónde le gustaría que *lo colgasen*, maestro?

Sólo faltaba la soga. Y el hombre respondió de corazón:

—¡En el Louvre, por supuesto!

La mayoría de los redactores se iba de vacaciones en el verano. Así que el meritorio podía ir haciendo de todo. La información portuaria. La sensación de construir un poema, esta vez sí, con los nombres de los barcos que atracaban o partían. La información de los sucesos. Aquella fórmula policial que siempre reservé para el comienzo de una novela: «Se abrieron diligencias sobre el caso». El «abrir diligencias», ¿qué otra cosa es la literatura?

Hice el horóscopo unos días, pero no me pareció tan sencillo. Cuando veía escribirlo a alguien, cuando lo leía, pensaba que era una broma. Y así arranqué. Pero yo conocía gente que era Piscis o Libra o... En realidad, conocía gente de todos los signos, hasta del mío. ¿Y si le hacía daño a alguien? Me di cuenta de que todo lo que escribes compromete. También el horóscopo es literatura comprometida.

En aquel tiempo de meritorio también había convulsiones en las instituciones políticas. Las organizaciones democráticas y antifranquistas eran perseguidas. Algunas veces, a la noche, se oía en la puerta algún rumor. Salía alguien que infundía confianza, Gaciño o Pita. A veces, el meritorio. Te encontrabas con gente urgida, que traía algún comunicado clandestino, y la estela de ser carne de presidio. Uno de los que estuvo allí, en la escalera, fue Moncho Reboiras, que sería abatido por la policía franquista en Ferrol. En aquel tiempo trabajaba en el *Ideal* una joven escritora llamada Margarita Ledo. De repente, desapareció de la redacción. En Portugal acababa de estallar la revolución de los Claveles, la del 25 de Abril de 1974. El franquismo estaba enfurecido. Se detuvo a un grupo de militares demócratas españoles de la UMD. Grupos paramilitares portugueses intentaron organizar una contrarrevolución desde Galicia. Un día alguien me dijo al oído: «¿Te atreves a llevar una bolsa con cosas personales a alguien que tiene que huir?». Me dieron una dirección y fui. Quien marchaba era Margarita. Iba a pasar *la Raia* clandestinamente, camino del exilio portugués. Nos abrazamos. Allí pasó años. La maquinaria represiva perdió los estribos. Hasta que detuvieron al propio Gaciño. Su crónica de información política de los domingos era la más leída de Galicia, por unos y otros. El analista del periódico católico era acusado por el Gobernador de ser ni más ni menos que el «cerebro» de la oposición democrática. Lo que era Gaciño era un buen periodista. Tenía todo en la cabeza, sí. El régimen, pese al ojo panóptico, daba cada vez más palos de ciego. Se oteaba el derrumbe de la dictadura, pero era ese momento peligroso del miedo que mete miedo. De noche, fuimos en manifestación hasta el Gobierno Civil un grupo de periodistas para entregar un escrito en el que se denunciaba la *caza de brujas* y pedíamos que dejasen en libertad al preso. Habían sido convocados los periodistas demócratas. Ante el portalón gobernativo estaríamos una docena. Hay momentos en que los pocos parecen más. Como en los naufragios. Nos sentimos menos solos cuando Luis Pita, que era un cuerpo abierto, rescató la voz de Max Estrella: «Canallas. ¡Y ésos son los que protestan de la leyenda negra!».

No tengo saudade de aquel tiempo. «Saudade, saudade la tienen los perros, si les quitan un hueso», decía el librepensador Antonio Sergio en polémica con el apóstol *saudosista* Teixeira de Pascoaes. Lo que sí tengo es una cierta saudade del meritorio. Porque el meritorio iba y venía sin que nadie lo viese. Era un periodista invisible. ¿Y quién es ese chaval? Es un meritorio del *Ideal*. ¡No tendrán otro que mandar! Así que el meritorio vuelve a ser invisible. Pero oye, está a la escucha. Se informa por las voces bajas. Alguien cuenta un escándalo que acaba de suceder. En el palacio municipal estaba el concejal de Cultura, Deportes y Fiestas, muy enojado con el director de un grupo de teatro. Y se lo hizo saber:

—¿Cómo se os ocurre proponer esa obra, la *Hostiada*, para el festival de teatro?

—No es la *Hostiada*. Es la *Orestiada*.

—¡Hombre, peor todavía!

El director de teatro no aguanta más. Le dice a la jefatura cultural:

—Mira, el monstruo que algunos llevan por dentro, tú lo llevas por fuera.

El mandamás medita desde su autoridad. Espera a que las ideas le lleguen a la cabeza. Está ofendido y ofuscado. Parece que va a dictar la represalia más terrible. Por fin:

—¡No empecemos con indirectas!

Aquello de ser meritorio, lo interioricé mucho. También lo de entrar en el periodismo gracias a unos poemas. Conseguí ir a Madrid para estudiar en la nueva facultad de Ciencias de la Información. Tenía una beca y enviaba crónicas casi diarias, con una sección titulada *Estación del Norte*, nombre inspirado en aquella a la que llegábamos en el Atlántico Expresso, en once o doce horas, por el camino de hierro de Coruña a Madrid. Lo de los poemas es un estigma que forma parte de mi cuerpo. El primer ejercicio que nos encargaron en la facultad trataba del lenguaje periodístico y la precisión. Un asunto que me apasiona. Cuando el profesor, Federico Ysart, devolvió los trabajos, dijo del mío en voz bien alta:

—¡Esto no es periodismo, es literatura!

Él era un buen profesional, y de lo mejor que había en aquella facultad en construcción, con algunas presencias ruines en el profesorado. Trabajaba para un medio entonces muy influyente, el semanario *Cambio 16*. Pero recuerdo que su dictamen no me dolió. Al contrario. Estaba muy contento de que mi periodismo le pareciese literatura.

Y meritorio fui siempre. Nunca dejé de serlo. Lo supe el día en que entrevisté a la mujer normal.

Me seleccionaron para hacer prácticas en el centro emisor de TVE en Galicia. Por suerte para mí, habían nombrado como director a Alexandre Cribeiro, realizador y poeta. Había trabajado mucho tiempo en Madrid, donde había sido muy activo en el Club de Amigos de la Unesco. Era verano. Santiago de Compostela. Los titulares se iban de vacaciones. Cribeiro nos reunió a los becarios de prácticas y nos preguntó algo insólito:

—¿Qué vais a hacer?

Teníamos ideas, pero se escabullían. No estaban acostumbradas a tomar posesión.

—La BBC —dijo un murmullo.

—¡Pues hacedla! —dijo Cribeiro, tan tranquilo—. Pero de verdad. ¿Qué asunto se debería tocar hoy en primer lugar?

Era la época de la polémica sobre la primera ley que trataba de la libre interrupción del embarazo. La llamada *ley del aborto*. Hasta entonces, las mujeres podían ir a la cárcel en el caso de abortar. En aquel período de la Transición, casi no era posible el debate. Las bocas echaban humo y ardían en anatemas las palabras.

—No se os ocurra lo del aborto —advirtió Cribeiro, como un vidente.

Sí, si éramos la BBC, debería ser el aborto el asunto a tratar.

Cribeiro aceptó con una condición:

—Tenéis que iniciar el noticiario con tres opiniones y con el mismo margen de tiempo. Un representante de la Iglesia en contra de la ley. Una feminista, a favor. Y después, hombre o mujer, la opinión de una persona normal.

Parecía sencillo. Y todavía más en Santiago. Salimos a la plaza del Obradoiro, el cámara y yo, y conseguimos enseguida las declaraciones del canónigo señor Precedo. Tampoco fue difícil encontrar una voz feminista. En Compostela conviven esas dos almas desde hace mucho, la reaccionaria y la liberal. Ahora sólo nos faltaba la persona normal.

Todavía se trabajaba con cámara de celuloide, muy pesada. Conectados por el cable del micrófono, formábamos el cameraman y yo una especie híbrida de arqueólogo futurista, con un desplazamiento lento pero codicioso. El cameraman conocía mejor la ciudad. Yo le preguntaba:

—¿Vale ese que viene de frente?

—¿Ése? Es más carnero que los carneros.

—¿Y aquel otro?

—¡Ése es capaz de comerse las piedras de la catedral!

Hora y media después, cuando ya nos acercábamos al límite del tiempo para el regreso a la redacción, comprendí lo difícil que puede ser encontrar a una persona normal en el momento más necesario.

Ya íbamos a desistir, cuando la vi.

Estábamos en el centro de la plaza del Toural, al lado de una fuente, y ella entró por el lateral. Nada más entrar, nos vio. Y nosotros a ella. El cameraman me miró y asintió con un gesto. Era ella. Llevaba bolsas en cada uno de los brazos, lo que dificultaba algo sus movimientos. Procedimos a atajar en diagonal. Ella trató de huir por un callejón, pero el cable nos permitió una maniobra envolvente que le impidió salir de los soportales.

Allí la tenía, enfrente. Sofocada, asustada. Era una persona normal.

—Responda, señora —le dije sin más—. ¿Qué opina usted de la ley del aborto?

Tenía miedo de que se echase a gritar. De que pidiese auxilio. Yo tenía mala conciencia. Había utilizado el lenguaje de quien quiere dominar. Pero se calmó y acabó mirándome fijamente.

—Mira, chaval. Yo no soy de aquí. ¡Yo sólo vine a comprar unos zapatos!

Corrimos hacia el estudio para poder abrir el primer noticiario. Era ella. La teníamos por fin. La persona normal.

22. La sonrisa de la chica anarquista

Era un hermoso día de domingo. María me había pedido que la acompañase a una villa costera en la que se iba a celebrar un certamen de pintura al aire libre. Fuimos en un autobús de viajeros, ella al lado de la ventana. Todo lo de fuera daba luz. También ella llevaba algo para esta luz de domingo. El fermento de los colores en su cesto de mimbre, forrado de tela, donde iban los pinceles, los óleos, los frascos y las *cuncas* de porcelana donde hacía las mezclas. Los participantes tenían que escoger un rincón del paisaje local y recuerdo que María pintó unas casas marineras, con una taberna debajo, en los soportales. Era una arquitectura en derrumbe, pero que ese día resurgía con la luz, la voluntad de estilo de los colores navales, la boca cantarina y misteriosa de la taberna. Yo andaba de aquí para allá, vigilante, comparando. Los ojos no mentían, no podían mentir. En aquella pintura de María, la reconstrucción de la memoria de los colores, había algo que no encontraba en otra parte. Cuando llegó la hora del fallo, al atardecer, en el salón municipal, al cuadro de María le dieron el premio de Honor.

El retorno fue callado y amargo. Ese premio de honra, en teoría, era el máximo galardón. Pero los que estaban dotados con dinero eran los otros premios, que fueron para pintores locales. Además, el premiado de honor tenía la obligación de donar la obra a los organizadores. Así que volvimos con la sensación de honorable expolio. Ella con su cesto de colores y una sonrisa dolorida. Pienso que era la marca de la casa. Y mi padre le puso voz al destino, como si ya lo supiesen las piedras: «¡Detrás de la cruz anda el demonio!».

Para María siempre fue importante, desde muy joven, ganarse la vida con sus medios. De adolescente, daba clases en verano a los niños de Castro más pequeños. También desde chica, mientras estudiaba bachillerato, se comprometió en la resistencia contra la dictadura. Fue muy activa en grupos clandestinos de izquierda, como Bandera Roja. Un domingo mi madre me despertó asustada. Había abierto una trampilla en el gallinero y el hueco estaba lleno de panfletos. Le mentí. Le dije: «Son míos». Eso la tranquilizó. Siempre tenía más miedo por María. Siempre tuvo la sensación de que María iba muy por delante. Y era verdad. Se alejó de los grupos marxistas, pero no de la lucha, cuando entendió que la idea de cambiar el mundo debería ir de la mano de una nueva forma de vivir. Y ella la vivió como anarquista. Se puso a estudiar Filología en Santiago, y siguió a la búsqueda siempre de trabajos con los que mantenerse. No se le caían los anillos. Tenía mucha pasión por los trabajos artesanales. Hacía su propia ropa, sus propios muebles. Arreglaba las averías allí donde vivía, con su caja de herramientas melancólicas, pues todas perecían piezas únicas, supervivientes de viejos talleres. Iba también por huertos o por las orillas del mar. Ella era como una espigadora de la estirpe de las que pintó Millet, buscando lo útil en lo oculto, en lo abandonado. Había unos escaparates ante los que siempre se paraba con la mirada atenta: las librerías y las ferreterías. También en las fruterías, donde se hacía con las cajas de madera y cartón, que pintaba en colores, para componer los estantes de su biblioteca, allí donde al lado de las gramáticas y diccionarios aparecía la *Enciclopedia del Hágalo Usted Mismo,* y el *Libro de buen amor* del Arcipreste de Hita hacía pareja con una obrita a la que le tenía mucha estima: *La estética anarquista*, de André Reszler. Lo reciclaba todo. En las ideas iba componiendo su propio jardín, su propia compañía, con gentes como Kropotkin, Henry David Thoreau o Herman Hesse, o los textos de la Internacional Situacionista y del movimiento *Provo* (provocador), impulsado por los *Kabouters* o *duendes* anarquistas. Se alimentaba como la becada, la centinela del bosque: se hizo vegetariana. Decía en broma: «¿Anarquista? ¡Eso es muy difícil!».

Su otra pasión eran las palabras. El deambular de las palabras. Sus heridas. Sus re-existencias.

Andaba a la búsqueda de ellas, como de niña buscaba las xoaniñas mariquitas de la suerte o las luciérnagas en los caminos de la noche de Castro. Llevaba palabras en los bolsillos. En papeles dispersos como hojas secas por las casas. En libretas que ella misma encuadernaba. Y si no tenía dónde en ese momento, hacían de pergamino las palmas de las manos, los brazos, la piel. Entre los trabajos, hizo traducciones para doblaje de películas desde el inglés y el francés. Un oficio que compartió un tiempo con Lois Pereiro. A veces, reían mucho los dos cuando trabajaban en el doblaje de alguna película porno. Al fin y al cabo, decía María, un género *clásico*.

¡Mmmmm así así mmm mmm sí sí no sí no voy voy sí sí sí!

La técnica consistía en cambiar los gemidos de placer por palabras. Porque pagaban por palabras, incluidos los monosílabos. Creo que ahora, con el capitalismo impaciente, sólo pagan las esdrújulas. Era un trabajo ocasional, que duró poco. Donde trabajó más tiempo, y con la dedicación de una espigadora de las palabras, fue en el equipo que hizo el *Diccionario* para la Academia Galega.

Coincidí con ella un tiempo en Santiago. Yo estudiaba en Madrid Ciencias de la Información y volví para formar parte del equipo que editó el semanario *Teima*, el primero que se editaba en gallego desde la IIª República. Era una época muy convulsa, de grandes esperanzas y grandes engaños, en la que el régimen pretendía sobrevivir al dictador, y en la que el suelo de la historia tenía esa fragilidad de una fina capa de hielo. Hay quien dice que fue un fracaso, el hebdomadario aquel, y otros del mismo estilo que germinaron por España adelante. A mí lo que me parece milagroso es que la primavera, para nosotros, durase un año. Haciendo reportajes, vivías el mismo día la sensación de ser recibido como un socorrista de las palabras ahogadas y, a poca distancia, te enfrentabas al engranaje del odio que atornilla el silencio. María me acompañó a algunos de aquellos escenarios con más riesgo. Estaba allí el día de As Encrobas, el 15 de febrero de 1977, cuando docenas de guardias cercaron el lugar para ejecutar la expropiación de las tierras y entregárselas a una explotación minera. Allí estaban las mujeres campesinas en primera línea, resistiendo los culatazos con paraguas. Todo el día, hasta el anochecer. Ella no lo pudo soportar. No quiso ser sólo un testigo. Se olvidó de mí. Se fue con la gente, a atender las mujeres desvanecidas o heridas. De rodillas, enfangada, manchada de sangre y tierra. Los guardias, con su foco, iracundos, algunos apesadumbrados, pasaban por delante de la muchacha arrodillada como si no la viesen. Cuando cayó la noche, se levantó y volvió sin habla.

Chagall habla de los caballos de colores que pintaron obreros y campesinos rusos en su escuela de arte para engalanar las calles en el primer desfile del 1 de Mayo celebrado en libertad. Después, ya no hubo más caballos, sino retratos oficiales. Nuestros caballos de colores fueron aquellas experiencias de periodismo indómito en la España de la transición, rebelándose contra la fatalidad de la pútrida patria del «atado y bien atado». Acabaría imponiéndose el gris *restauración*.

María y yo compartimos en aquel tiempo insomne un viejo piso en la Algalia. Tenía goteras en cada habitación (¡el puntero de la vara del Hombre del Tiempo!) y también algún misterio. Un día oímos murmullos en el desván. Había una puerta siempre trancada. Hasta que decidimos abrirla como fuese. Había un hombrecito, un «inocente», que tenían allí recluido. Se pasaba el día comiendo pipas. Todo el suelo del desván cubierto de cascas de pipas. No hablaba. Sólo se expresaba con onomatopeyas. No se movió. El rostro de la sorpresa al ver que quienes abrían la puerta eran una chica y un chico desconocidos. Esbozó una sonrisa. La sonrisa del dolor. Tenía, con todo, un rostro simpático, que lo hacía más joven de lo que debía ser. Hablamos con la propietaria de la casa y nos dijo que no le diéramos importancia. Que era una persona mansa. Ya. ¿Pero qué hacía allí encerrado? Al día siguiente, cuando despertamos, ya no estaba. Había restos de pipas por la escalera.

María fue la única de la familia que supo que había estado detenido en Madrid. Una ocultación para evitar preocupaciones. Fue al poco de llegar para estudiar, en septiembre de 1974. Cumplía 17 años en octubre. Y fue más o menos por el aniversario. En una manifestación, al anochecer, en la calle Princesa. La policía estaba al tanto. Nuestros primeros gritos fueron para ellos la señal de carga. Salieron de todas partes. Una auténtica emboscada. Un grupo numeroso de manifestantes nos metimos como corderos por un callejón sin salida, siguiendo el reclamo del que parecía más avezado y que tenía un cierto parecido físico con el poeta Leopoldo

María Panero. Un episodio cómico, de no ser que acabamos en el lugar más temido de España, la Dirección General de Seguridad, en la Puerta del Sol. A la mayoría nos retuvieron dos días en calabozos atestados, después de identificarnos, hacernos desnudar y fotografiarnos para la ficha. En nuestra celda estábamos apretujados cinco, de los que sólo conocía a uno, el escritor Ramón Pernas. Pero nadie tenía ganas de charlar. Cuando llegó el turno, me subieron a un despacho para el interrogatorio. No fue un momento histórico. De los dos *sociales* presentes, como llamábamos a la policía política, uno ni me miró, ocupado en tareas intelectuales. El otro me hizo repetir los datos de identificación. «Y eres gallego, claro. ¡Te canta el acento!» Como siempre me pasaba con el asunto fonético, me vino a la cabeza César Vallejo, «el acento me pende del zapato», pero esta vez no quise implicar a la poesía.

—¿Y eres de la otra acera? ¿Estás contra Franco?

—Sí.

Me dio una bofetada muy profesional. A continuación me recordó que Franco también era gallego. Vaya. Había mucha gente empeñada en darte semejante información.

—¡Entonces tú debes de ser tonto!

Ahí no dije nada. No acababa de establecer la conexión entre mi acento y el ser o no antifascista. Me quedó la inquietud de que el otro policía, el intelectual, incluyese en la ficha como afiliación la nota: «Tonto». En la pesadilla, tenía la esperanza de que por lo menos hubiese escrito: «Tonto útil». No hubo mucho más. Tenían demasiado trabajo ese día para entretenerse con un estudiante mocoso. Uno de mis compañeros de detención, un joven mecánico, detenido en el cinturón industrial de Madrid, volvió del interrogatorio con una uña rota y la mano ensangrentada. Ni un lamento. No concedió ni un gesto de dolor. Merecía un Max Estrella, pero todos mudos, quizás con la esperanza absurda de que los murmullos y pasos que oíamos en las celdas, procedentes de las aceras de la Puerta del Sol fuesen los ecos de multitudes liberadoras. Nada. Todos los ecos se iban desvaneciendo en la noche. Yo no me sentí un luchador. Era, éramos unas personas humilladas. Al día siguiente, apareció un tipo con un cubo de lentejas. Te daba una escudilla de cinc y echaba un cucharón de aquel rancho. De vez en cuando, añadía: «¡Mierda!». Y soltaba una carcajada.

Boh.

Cuando se trataba de penas, María y yo compartíamos los secretos.

Tenía la piel muy blanca, con pecas del color del pan de maíz. Me gustaba su manera de ser. Y también su cuerpo. Su piel tan blanca. Sus pecas de cereal antes de secar del todo. Un día, en la Algalia, nos abrazamos por efecto de los golpes de mar. Ella lloraba la pérdida de un amor. Y yo estaba hundido por otro desencanto. Nos quedamos dormidos en aquella cama, tan apropiada para los naufragios: rodeada de cubos y cuencos para el agua de las goteras.

Pero esta vez no llamó.

La noticia de su enfermedad llegó cuando yo estaba viviendo en Irlanda, con Isabel y los niños. Isabel era una de las risas que estaba en el piso del *Dos Ciudades*. Ahora vivíamos al norte del río Liffey, en Temple Villas, justo al lado de la prisión de Arbour Hill, lo que abarataba mucho el coste del alquiler. Estábamos muy a gusto en aquel Dublín donde los sábados, cerca de casa, en Smithfield, había mercado de caballos y de patatas. Nadie hablaba todavía del *tigre celta*. En algunos pubs recordaban todavía a O'Brien, aquel hombre que iba siempre con la mano derecha enfundada en un guante porque había jurado a su madre, en el lecho de muerte, que jamás volvería a tocar un vaso de bebida. Y las vendedoras de Moore Street, que llevaban la mercancía en grandes carros de bebés, decían a quien manoseaba los tomates: «¡No los toques tanto que no son pollas!».

Quien llamó fue mi hermana Chavela. Todavía no había móviles, y el timbre del teléfono fijo no engañaba. Ahora entendía por qué mi padre no levantaba nunca el auricular telefónico. Olía el destino. María estaba mal. Pero ¿cómo de mal? Muy mal. La van a operar, pero parece que hay metástasis. Y la había. Era tarde ya. Un día la acompañé a Santiago. Quería hablar con el médico que la operó por primera vez. No había ninguna esperanza ni en las palabras, ni en los ojos, ni en los gestos de aquel hombre. Me fijé en la consulta. Las paredes estaban desnudas. En penumbra. El doctor hablaba con el rostro iluminado por un flexo.

—Tenía que volver aquí —me dijo María al salir—. Mi viaje al corazón de las tinieblas.

En el mismo cuarto donde murió María, en Castro, murieron los dos, padre y madre, en un período breve de tiempo. La víspera de dejarnos, mi madre despertó con una extraña energía. Después de días sin moverse, se levantó y mudó el lecho, quiso hacerlo ella, con sábanas blancas, luminosas, como las que lavaba a mano. Después se acostó y nos dedicó una de sus sonrisas doloridas: ¡adiós, adiós! En cuanto a mi padre, desplegó toda la ironía acumulada del corifeo. Pidió que lo levantásemos en la cama ortopédica, armada por Paco, para subir hasta lo más alto y curar el vértigo de una vez. Si alguien iba de visita, decía: «¡Mirad lo que progresa la industria con los enfermos!».

Sí, en aquella pequeña habitación había muerto antes María. En la fase terminal, pidió que la ayudasen a irse para no sufrir más. Como siempre, ella iba delante. Su mano ayudaba a ayudar. Esta vez no estaban los cabezudos, los Reyes Católicos, en la ventana, sino el verdor introvertido del limonero que había crecido en el rudo suelo de tierra y escombro de la primera casa.

Agradecimientos

A XGG, autor de *A lingua secreta,* que un día, en el Raval de Barcelona, me habló de las «voces bajas».

Este libro tuvo su semilla en una serie que con el título *Storyboard* se publicó en el suplemento cultural *Luces de Galicia* de la edición galaica del diario *El País*. Debo dar las gracias a Xosé Hermida y Daniel Salgado por la atención y acogida que me prestaron. La obra quiso fermentar después de aquel comienzo y entre las personas que me ayudaron a ver *en otro tiempo,* a rememorar, agradezco en especial las informaciones de Manuel Bermúdez *Chao* y Carmelo Seoane, tabernero de A Artabria (la antigua tienda y tasca de Leonor) en la república de Castro de Elviña. Uno y otro tuvieron también la generosidad de ceder algunas fotografías del «paraíso inquieto». Como generoso fue el fotógrafo Xoán Piñón, que recuperó y me cedió de su archivo dos fotos en las que aparece mi hermana María en su juventud. Por último, un infinito agradecimiento para toda mi familia y la compañía de las voces bajas.

El autor

TODO ES SILENCIO
Manuel Rivas

Cuando al hablar te juegas la vida,
todo es silencio.

Fins, Leda y Brinco exploran la costa a la búsqueda de lo que el
mar arroja tras algún naufragio, el mar es para ellos un espacio
de continuo descubrimiento. El destino de estos jóvenes estará
marcado por la sombra odiosa y fascinante a un tiempo del
omnipresente Mariscal, dueño de casi todo en Noitía.

«De las viejas redes del contrabando gallego al narcotráfico.
Manuel Rivas construye en su nueva novela un soberbio
mundo narrativo a través de los espacios, los personajes, el lenguaje y el silencio que sugieren el haz y el envés de la realidad.»
Babelia

Cada cuento de este libro es un hechizo urdido por el indiscutible ritmo y sensibilidad de Manuel Rivas. Da nombre a la obra la historia de un enamorado que cambia definitivamente su vida con el atraco a un banco. En otros relatos es también el amor el protagonista indefinido: el amor del padre que va a trabajar con la preocupación de no saber cómo ni dónde ha pasado su hijo la noche; el amor a la madre, de inefable semejanza, en el recuerdo infantil, a la lechera que pintara Vermeer en 1660; el amor más carnal de Carmiña, con la incómoda presencia de su perro Tarzán; o –¿por qué no?– el amor compasivo que llega a sentir el lector por el viejo profesor rural de «*La lengua de las mariposas*», historia que ha sido adaptada al cine por José Luis Cuerda y Rafael Azcona.

«Estos dieciséis relatos breves de Manuel Rivas son una joya y confirman el buen momento de la narrativa gallega.»
La Vanguardia